北门之外
有诗

普建敏 / 著

天津出版传媒集团

天津人民出版社

图书在版编目（CIP）数据

北门之外 有诗 / 普建敏著 . 一天津：天津人民出版社，2019.10
ISBN 978-7-201-15171-7

Ⅰ . ①北… Ⅱ . ①普… Ⅲ . ①诗集 - 中国 - 当代
Ⅳ . ① I227

中国版本图书馆 CIP 数据核字（2019）第 186017 号

北门之外 有诗
BEIMEN ZHIWAI YOUSHI

普建敏 著

出　　版　天津人民出版社
出 版 人　刘　庆
地　　址　天津市和平区西康路 35 号康岳大厦
邮政编码　300051
邮购电话　（022）23332469
网　　址　http://www.tjrmcbs.com
电子信箱　reader@tjrmcbs.com

责任编辑　谢仁林
装帧设计　知库文化

制版印刷　天津雅泽印刷有限公司
经　　销　新华书店
开　　本　880 毫米 ×1230 毫米　1/32
印　　张　9.75
字　　数　219 千字
版次印次　2019 年 10 月第 1 版　2019 年 10 月第 1 次印刷
定　　价　40.00 元

以此诗集献给我的母亲

自　序

　　我在故我在，我喜欢返璞归真，我不喜欢一切加诸人身上的各种标签。人只要活着一天，必须意识到自己生命的本源，就是自己的内在！所有外部的事物，都不是生命，外物所带来的只是生命里那些"小我"的负累。活在当下，体会当下属于你的"时间"，才算活出了自我，这也是对家国、人类、环境，对地球，真正的"善"。

　　我喜欢听内心的声音，不为别的，因为它是属于我的！我把它用诗歌记录下来，我即是我的内在，诗的表达已经足够。喜、怒、哀、乐，亲情、爱情，梦想、理想，悲怆、沧桑，最重要的是，人在世上注定了他是独一无二的存在。他的声音通过独特的心路历程展示，在里面，既属于他自己，又属于人类。

　　我为啥写诗，这发端于小时候所受的传统教育。从小学开始，语文课本里就收录了一些诗歌，先是唐诗，而后有汉乐府诗，诗经里的古诗，宋词，元曲等。那时候我们这些小孩子，经常闭着眼摇头晃脑地大吼"鹅鹅鹅，曲项向天歌，白毛浮绿水，红掌拨清波。"，眼前好像真的浮现出一只大鹅来，幼小的心灵渴望像它那样自由自在地在水里漂游。凡是课本里出现的诗歌，无不背得滚瓜烂熟，像"离离原上草，一岁一枯荣。野火烧不尽，春风吹又生。""床前明月光，疑是地上霜。举头望明月，低头思故乡。"等等，虽莫名其意，但觉朗朗上口，隐约感到一丝丝的深沉在心间。后来渐渐为它们而感动。这些中华民族优秀的诗歌，朴实，却体现着语言之美，饱含平实的哲理。它们使中国人的情感表达提升到一种新的境界，每一个中国人，无论身在哪方，思乡之时，涌上心头的还必须是"举头望明月，低头思故乡"。这些诗歌是中华民族的文化瑰宝，它们滋养了一代又一代的中华同胞。它们是情感的原型，让我们无论何时、无论何地，只要想起诗歌，朗诵它们，就会有无违和的代入感，会感觉到自己并不孤单，毕竟有它们陪伴，时时感觉到，中国人的精神和热血，在我们的身上不停地涌动。

作为中国人的个体，我亦在进行自己的情感阐述，在每一寸光阴中试图抓住时光的荏苒。有时候，这种行为是一种宣泄，连接过去、现在和未来。真心体会花谢花开、潮起潮落，拈花微笑，笑看春花秋月。我读前人，读到了千年的情愫，人寰无限，千年后也应如是。

在每个写诗的日子里沉醉，感觉到自己的纯粹，不活在别的地方，只活在自己的世界里，这样就好。我有满目的桃李春风，我听连绵的江湖夜雨。任时光流转千年，才子词人，自是白衣卿相。笑看长空万里，忍把浮名，换了浅斟低唱。

关于诗，不用带着评判的眼光去看。诗是美好的，人生也是美好的，美好的事物就是它自己，不带有任何的目的。真诚地体验另一个人、另一个生命的内心，触摸到他的"本原"，这就已经足够了！

个人觉得无论技巧和流派，最重要的是保有一颗真挚的心。

您读了几首，如果感觉心弦微张，说明"我在"！

目录 | CONTENTS

林花谢了春红

换了浅斟低唱

花有清香月有阴

暗香浮动月黄昏

昨夜西风凋碧树

流光容易把人抛

众里寻他千百度

林花谢了春红

另一个地球

我在想
天上可能有一面镜子
映射出另一个地球
我们　却看不见

另一个地球
是天堂
住着所有
离开了的亲人
他们　却看得见

在午夜　有时候
他们会从另一个地球
来到我们的梦里
短暂的交织
醒来后
我哭了

1914 年的月亮

淡蓝的街道影影绰绰
斑驳的木门挂着铜锁

坚硬的路面透着冰冷

月亮下
一间点着油灯的小屋里
我奶奶出世了

月光照亮了夜晚
路面依旧坚硬
透着冰冷
虽然冰冷
却向远处延伸

100年前的月光
照在我的亲人身上

在相同的地方
有一个相同的月亮
月光　　照着我的亲人
月光　　照着我和母亲
只不过
是在不同的世纪里

无处驻足

一个人的房间
一个人的孤单
一个人的风景

一个人的灵魂
在暗夜里徘徊

紧闭一扇窗
隔离了灯火阑珊
让一个人的灵魂
在暗夜里狂欢

打开一扇窗
吸纳着外面的风景
一群人的灵魂
在暗夜里徘徊

一群人的街道
一群人的狂欢
一群人的风景

一群人的灵魂
在暗夜里孤单

看见和看不见的风景
甜美和悲凄的爱情
向上飞和向下坠的理想

一个人的孤单和一群人的狂欢
一个人的狂欢和一群人的孤单
所有不安的灵魂
无处驻足

夜

夜
深邃的蓝
泛着微光
在星空闪耀
犹如一湾清泉
透亮明净

我
推开窗户
淡雅的
茉莉香
顷刻间
将我

湮没
似在梦里
醒来
恍若隔世

你
让我回忆点滴时光
尘封
久违思念

雨
欲停还休
但又怎可抵挡
星的出现
给人以舒展
温暖

雨后

一雨过后添清爽，
微风徐徐送暖阳。
虽说已是新春后，
凤城宛若初春蓝。

大雁南飞不回头

赏花须是花开了，
养亲莫待亲人老。
良辰佳期难再续，
五陵少年岁匆匆。
浪花东去终归海，
大雁南飞不回头。
人生百年沟壑里，
俊气孤高向明月。

渐行渐远

心
像花瓣
一片片飘落
随着风
跌宕远方

海
水雾迷蒙
潮起潮落
蜃楼里
清晰地看见

你的背影
渐行渐远

天
明净湛蓝
长空万里
只听见
海燕的叫声
就好像
悠扬的琴声
愉悦
动听

镜子

我有一面镜子
它每天看我
从少年到成年
我每天看它
其实是
看自己
却记不清
昨天的我
是啥模样

再看

看见了衰老与沧桑

镜面还是

平静地

冰冷地

依然明亮

日期印记还在

从那时起

它把我的青春

连贯到现在

然后

静静地看

却不能

昨日重现

我只有

独自镜前

望着我

伤悲

惆怅

枉自嗟怨

欢颜

我们曾经
深爱着彼此
可是后来
成了回忆
因为时间
侵蚀着爱情

往日欢颜
在脑中开花结果
偶然触碰
光芒
耀眼
疼痛
一迸进入
刹那间
泪眼朦胧
有过这一秒的爱情
足矣
因为
刻骨铭心

咖啡

那一抹淡淡的醇香
混合着烟草的涩
就这样
被搅拌在一起
放入杯中
而薄薄的晶体
也顺势而下

活力
激情
曼妙
油然而生
似迅猛的爱情
来去匆忙
舌尖在反刍着
试图留住
一抹苦涩与香甜

野草

我只是
一株

长在悬崖边上的

野草

亦不曾

拥有牡丹

那娇美明艳的容貌

也不会

像玫瑰

烂漫柔情似水

我只有

像剑一样的叶子

我的周围

布满了

灰色的沙

狂风暴雨

将我包围

冰刀霜剑

割裂了我的颜色

我

依然挺立

在

悬崖边上

一个声音高呼

"让暴风雨来得更猛烈些吧！"

发聋振聩

"让胆怯的死亡吧

活着的将更加勇敢！"

是的
当太阳再次升起
我
又披上了
明晰的色彩
沁人心脾的绿
染了悬崖
映了天空

下午茶

风轻吹着
窗外的柳枝
摇曳着
婀娜的身体
翩翩起舞
桌上那杯
清新淡雅的茉莉花
又怎可
怎可
不让人齿颊留香

树梢上
这一对
唧脆的鸟儿
叽叽喳喳
似在
热情地
热情地恋爱着
心在这一刻
沉醉
所有时间
戛然而止
而美梦
如青烟般
却刚刚开始
在脑中轻轻飘荡

与你

看
那天边的云彩
火烧似的红
你
就站在晚霞的下面
任凭微风吹乱了

你的长发

你

依然

笑意盎然

当你回眸时

那惊人的一瞥

忽觉

似曾相识

一直在等

"梦里寻她千百度

蓦然回首

那人却在灯火阑珊处"

原来

我与你

在心底里

彼此这么近

不过是

天涯咫尺

听梦

在午夜

听见

那个声音

似水珠滴落

轻盈的节拍律动

踏着优美

含着力量

更像是回旋狐步舞

我循声而去

周围

宁静安然

喧嚣

了无踪迹

时间

仿佛停顿

万籁俱寂的午夜

我听见的

只是

自己的心

在跳

一下下

一下下

温的血

在血管里

流淌

令人迷茫的午夜

我决定

撕破伪装

丢弃矜持

还自己颜色

我

不完美

只希望

从今以后

听内心的声音

做自己

因为

我厌恶了

昏天黑地

使人窒息的午夜

空气中弥漫着

腐朽的味道

这味道

侵蚀了鲜活的生命

我发誓

迎着暗黑

前行

哪怕荆棘密布

乌云满天

我也不放弃

走着的脚步

这样的结局

清晨
我把梦想装进口袋里
希望它可以带着我
去追逐
快乐的脚步
当蝴蝶
在花丛中飞舞的时候
我却不小心
有了睡意
等再次醒来
竟已是黄昏

谁
现在
牵着你的手
与你漫步夕阳
相爱的人
也会
彼此错过
或许
这样的结局
最美好
毕竟
这一次的结束

是
下一次的开始

真想给你一巴掌

脸上的表情就是一个解不开的结
拧麻花般挤在一起拥堵
现在我真的想上来给你一巴掌
没有言语可以表达这种愤怒

就连陌生人也可以嗅出火药味
虽然我也曾试着走到屋外透气
可凝滞的空气就像伸出一双无形的手
往舌尖上用力拉扯
看着你我也确实成了说不出话的哑巴
所以最好还是直接给你一巴掌

我也知道自己已经过了愤青的年纪
可你脸上的皱纹却更像是过山的车
不再年轻的心却不会说人的话语
沧桑的身影只是酝酿让别人喝的苦酒
这杯苦涩的酒我现在就倒还给你
再看看你那张五味杂陈的脸
我明白我还是必须用力给你一巴掌

午夜灯下呓语

午夜的灯
像守护神般屹立在街角
那么明亮
却是最冰凉
灯光　射向每一扇窗
进入　每个人的心灵

每个人
内心深处
都有一段伤悲
想隐藏
亦想诉说
却不知道谁人来听

午夜的灯
召唤不安的魂灵
世界上所有的夜晚
所有孤寂的灵魂
在午夜
都要离开躯壳
飘荡到灯下飞舞
它们在漆黑的夜空中
自由自在地飞
倾诉　哭　笑

无忧无虑的时刻
却再也不能回到过去

追不回原谅
也挽回不了愁怨
透过午夜的灯光
只看见睡着的你
脸上依稀的泪光

灯下的灵魂
想要遗忘
又忍不住去回想
在前世　抑或今生
思念无法释怀
午夜的街
幽深的路
长得似通往世界的尽头
尽头那端有什么在等着你？

午夜的灯
像守护神般屹立在街角
越明亮
越冰凉
越觉得孤单
究竟是什么
让我们留下这么多的遗憾
是宿命吗？

下雨的街上

下雨的街上
人们四散逃离
昏暗的天空
挣扎着留下几处碎片
被雨淋湿的翅膀
不能向高处飞翔

空空荡荡的路面
垃圾和淤泥堆砌堡垒
街道正在被封锁
远处砸落的广告牌
看不清内容斜靠在街边
是否预示明天的腐朽

偶尔一声惊雷
吓醒睡着的人们
他们打个哈欠
用被子蒙着头
又重新睡去

远方的轮廓渐渐模糊
雾气侵吞着街面
一路狂奔来下一个街口
烟雨凄迷的前面
双眼开始朦胧

每条街的上空都下着雨
要去往哪里
又能去往哪里

下雨的街上
人们四散逃离
昏暗的天空
挣扎着留下几处碎片
被雨淋湿的翅膀
不能向高处飞翔

荒原困兽

听骨骼在身体里摩擦
就像迟钝的斧头在石头上磨
听血液在身体里流淌
就像滚烫的熔岩在深沟里流

梦中记忆的碎片总会流成一条河
一团炫目的光引我来到那里
飞在空中　穿过墙壁
我变得疯癫　痴狂

更要命的是
还暴力　血腥

紧握着沾满血的手在狂奔
犹如荒原中的困兽
我终于吓醒

清晨对着镜子看看自己
平静的表面下
有种说不出的东西在生长
我只是想要证明
都是虚妄的梦境
一切在醒着
但梦的记忆就是一粒种
在邪恶的土壤里面
它会生根发芽
慢慢长大

当红色的心被天空染黑
黑色的心想反抗黑色的夜
这种反抗是一种背叛吗
黑色的里面还有高尚吗

在这样的时空中
我不知怎样去面对
也不知怎样去逃离
或许紧闭上双眼
等着时间吞噬一切

一条没走过的路

我流连于街上
漫无目的地飘荡
往事如海潮般纷至沓来
过去是如此不堪
现在也暗淡无光
时间让它们锈迹斑斑
光鲜的表面长满了荒草
慢慢地荒芜

一街行人空洞的眼
我们像蚂蚁般缓缓前行
支离破碎的心灵谁来唤醒
人随着人的涌流飘荡
无所谓方向
能否沉静一下
让阴霾散去

我停在路的中央
抬头看看远山
透过来一点点光
将来会发生什么？
或许彼此的改变还有可能

不要再说话

大声地呼号更是如此多余
此时要的是静默
承诺过的
我必定做到
从今以后
就去浪迹天涯
或许在一条没走过的路上
才能拯救自己

黑色幽默的风景

昨天的爱
一去不返
心绪难平
忧心忡忡
身体就要塌陷了
灵魂就要消散了
焦虑难安
举步维艰
愁城坐困
奋力挣扎
紧闭上门窗
孤独地忍受
你沉沉昏睡

你感觉痛苦

刺骨的疼痛让你醒来

黑暗伴随孤单的身影

幸福不会再来敲门

昨日不会重现

都过去了

你大声说：

"都过去了"

这一切

所有的所有

让我恶心

让我作呕

就要开始了

让我们来结束这些

让我们来谈谈这些

黑色幽默的风景

我们知道

开始了就停不了

开始了就要爆发

开始了就摧枯拉朽

神经就要崩断了

脑袋就要炸裂了

承载不动的包袱

就让它永远烂在地上

你手上握剑

我手上握刀
让我们谈谈这些
让我们结束这些
黑色幽默的风景

生命

纯净的天际没有一片云彩
蓝色的梦想在空气中编织
广袤的大地上流淌着一条大河
一尾有着青色脊背的鱼儿在游
好像在探寻生的意义
青色的背脊时隐时现

向日葵对着太阳歌唱
蜘蛛在自己的麦田中守望
树上的叶子落了又绿了
花谢花开　朝云暮雨
颜色的交替证明换了季节

热气蒸腾的地面上飞舞着一对翅膀
翕动开合　开合翕动
仿佛要在宁静中爆发
仿佛要去迎接怒放的生命

千里之外的天空已被飓风和冰雪占领

地上蚂蚁来来回回
用脚步丈量生与死的距离
天上大雁飞去飞来
用翅膀丈量生与死的距离
世间人们熙熙攘攘
用得失丈量生与死的距离
浩瀚宇宙收缩膨胀
用吞噬与毁灭丈量生与死的距离

那一年

无边的思绪在脑中流转
就像风吹着云彩瞬息万变
闭一闭眼睛让自己沉静
其实我看见了一棵树
那一年的海誓山盟
我挖土　你浇水
希冀一颗小苗来见证
见证你我纯真的爱
我的眼里只有你
你的眼里只有我
我们相信

爱会随着小树生根发芽
无论烈日炎炎还是阴霾重重
我们相信
海枯石烂　沧海桑田
我们不信
冬雷阵阵　夏雨雪
紧紧地　紧紧地相拥
年轻的心紧贴在一起
这就是世界的全部
唯愿如此　一生一世

栽好了的小树就在旁边看着
它欢欣　歌唱　微笑

此后　年复一年

小树独自在山冈
守候　成长

岁月如梭的
又是一个秋日
它的周围也已落叶纷纷
如醉如痴般
缓缓叙述着那一段如花的往事
叶子就是它的眼泪

挥洒如雨　辗转飘零

它知道了
它最亲的两个人
最后却不是一对

后青春

在猎猎风中
飘过一双眼睛
谜一样的眸
点燃起我记忆的密码
尘封已久的往事
如烟　娓娓道来
如诉如痴
回不去的岁月
在回忆中重新拾起
忽略了时间
忘却了记忆
背影也渐渐模糊
昨日不重来
季节在轮回
生命在更替
风轻吹杨柳婆娑

那些花儿谢了
猛犸再也不会从冰川爬起
最宝贵的是生命
最昂贵的是青春
每个人都只有一次
历史的天空充满彩色的泡沫
破裂后落回地面成灰暗的渣
被冲刷过的大地
深处掩埋着血洗过的真相
说什么胯下马　掌中刀
只留下乌江岸　走麦城
苦涩的细雨在漫天飞扬
可曾看见
青龙背上埋韩信
五丈原前埋诸葛
可否知晓
不见五陵豪杰墓
无花无酒锄作田
想要留下些什么
却没留下什么
虚空的年代
病态的目标
虚假的理想
耗费了太多时光
我们的青春岁月
应该是绿油油

绿油油地　郁郁葱葱

郁郁葱葱地　狠狠成长

狠狠地　成长

不再听枯燥乏味

不再留无望的失败

不再尝无知和低俗

从今天起

不再掩饰什么

只要展示心里的真

直到我的一生

觉醒

金银花的枝蔓在向上拔节

听不真的歌儿顺着墙壁爬行

它们会在墙头相遇，问候

又各自离去

上帝在挥洒忘情的水

大地软软的成了海绵，呼吸着液体

蚯蚓在雨中转圈儿，忘情地

它要把生机延伸向高山，岩石

回声也是那么美好

附和着在山谷呐喊，为它伴舞

随着节拍律动
随着节拍在律动

你离开
离开了
曾经的足印还留在原处
小草早已笑弯了腰
曾经的念想还留在原处
小石块早已切断了那条路
曾经的祝福还留在原处
小溪早已逃进了深沟

随着节拍律动
一切都随着节拍在律动

下一个地方是宿命
下一个时间是未知
下一次相遇是陌生的
陌生的，在那时
我们共同拥有的
是大地，山川，河流
是阳光，明月，星辰

换了浅斟低唱

苍穹之上

一

你睁着巨大的眼
俯瞰云端之下
你用阳光和月光
交替灌溉众生
让秋风收割田里的麦子
让星星守护夜晚的城镇
你给白天披上金黄
你给黑夜撒下银白
祖先们搭起高台
膜拜你　想靠近你
地上的子民们仰望着你
在底格里斯河
在幼发拉底河
在亚马逊河
在伏尔加河
在尼罗河
在多瑙河
在黄河——
一代一代人和他们的子孙
向着你欢呼　歌唱
无论多久
纵然时光已老　韶华已逝

即使城镇已成了废墟

即使绿洲已成了沙漠

即使大陆已经漂移沉沦

黄沙却永远掩埋不了对生命的期许

二

有时候你会流泪

有时候你会怒吼

有时候你深沉得阴云密布

更多的时候是你拨开云彩

让大地沐浴阳光

使一切生机盎然

你就是这样

睁着巨大的眼睛

俯视云端之下

一直看着他们

看他们从水里到陆地

从树上到地上

从爬行到直立

就这样看着

直到他们体毛消退

直到他们穿上衣服

直到他们从地上到天空

直到他们准备飞向人马座……

三

我知道

你巨大的眼

一直睁着

深邃的瞳

映射出两种颜色

霜的冰冷和火的滚烫

你在为他们高兴

你更为他们难过

他们已经成为大地的主宰者

却还要试图打断生命的旋律

于是你有了另一种情绪

大旱

大涝

高温

地震

沙尘暴

泥石流

暴风雪

一次比一次愤怒

一次比一次强烈

可是他们

那些膜拜着你的子民们的后代

不再仰望你

不再想靠近你

甚至拆了祖先的高台

在神庙的瓦砾上堆砌钢筋水泥

在美索不达米亚平原

在尼罗河平原

在亚马逊平原

在东欧、西欧平原

在长江中下游平原——

他们把高山变成了平地

把平地变成了高楼

把湖泊变成了沼泽

把森林变成了荒漠

他们也知道

惹怒你的后果

于是他们造了方舟

想要逃离你的视线

那是多么的徒劳

又是多么的愚蠢

那一天终究要来到

当那一天来临

你是否还会再造亚当和夏娃？

四

如果那天来临

当地球上最后一个人类

仰天望着苍穹之上

他站在掩埋了膝盖的蛮荒之地
思考着
思考着前世今生
你　笑了

在他的旁边
从没见过的小花正盛开着——
又是一次生命的轮回

我喜欢

我喜欢
拨开树的枝条
蹒跚在这条小径
追寻着
蝴蝶的翅膀
沿着路边的风景
蜿蜒，前行
花的香
沁人心脾
紫玫瑰色的天空
笼罩着大地
仿佛置身于
红葡萄酝酿的喷泉下

迷蒙地，沉醉地
任霞光映在脸庞
惆怅地，感伤地
让往事流淌心间
在这条崎岖的小路
爱与恨的回忆
绵延似水

远处一缕青烟
在风中轻轻跳舞
转着圈儿淡淡飘向天际
似岁月沧桑
诉因果轮回
前世的夙缘
今生的夙果
比翼双飞的蝶儿
举案齐眉的人儿
前世是人，前世是蝶
今生化蝶，今生成人
还是要比翼双飞
还是要举案齐眉

恐龙

蛇颈龙的颈折了
翼龙的翼破了
霸王龙的眼瞎了
死亡在地平线咆哮
一片火海
大地在颤抖
高山在崩塌
海洋在沸腾
尘烟包裹了地球
所有的眼眸通红
没有下一个港湾
没有下一片绿洲
梦想在天边熄灭
到不了心的彼岸
帝国要消亡
霸主将倒下

日落了,残阳如血
光明的最后一个瞬间
是否感到毁灭的沮丧
是否留恋远去的辉煌
已经一亿六千万年了
是否觉得温暖
是否已经想明白了
不必留恋

不必沮丧

美好的岁月

艰难的日子

甚至黑暗降临，吞噬

都将过去，一切

会被回忆

被称作历史

沧桑的，美丽的

地球的历史

一代一代的繁衍

不断创造，生

不断延伸，灭

只是有时

看着夜空

总想回到你的时代

和你一起看夕阳

中元节祀先

一

孟望秋之日

细雨滴落

湮灭了旧日时光

城墙　楼牌　庭院　老井
烟雨凄迷的影像
幻化为一种真
张开了翅膀钻入身体
尖利的疼痛
让灵魂向上飘荡
回到心的本原

枯叶离开树枝
向大地飞翔
它的身后
那些细细的　绿绿的
亲人和孩子
默默地注视着
怀念与祝愿
跟着飘落下来
生命听从大地召唤
落叶总要归根
暂时的别离
永恒的相聚
生与死，本是
生命之树
长出的两片叶子
只是颜色相反

二

孟望秋之日

盂兰盆之会

设帐济事于寺观

祀先人，祭如在

祭奠于家

献馔缄楮

焚包送于门外

有延僧侣施斛食

部路灯以报本音

见诸道旁哭泣尽哀者

闻之令人酸鼻

吾母与吾亦泣不自禁

你早已不在这里

我不知道自己

干吗还要留在这里

我待得太久

似水的青春

飞长的头发

就连心的源泉

都已经枯干

他们说

该来的终将到来
天凉了
夜色已深
该拥有的还没有拥有
该失去的却早已失去
你知道　我的爱
我爱明月清风
秋水长天　沧海澄蓝
我爱熊熊火光映红你的
脸庞和眼眸
纯粹的灵魂　真挚的爱情
又或者
眼波掠过远山白塔
用一生的时间
去坚守一个承诺
只是
你早已不在这里

月的背面

每当月亮升起
我的脑海总是涌上
一个念头
月的背面

是否是光明之外

那里住着什么

是否车来车往

在月的背面

也许

无论形单影只

还是成群结队

都已经

被光明遗弃

冰冷

荒凉

黑色空间里

不需要

似是而非的意义

活着就是全部

灵魂从生活中回来

灵魂从生活中归去

也许月亮背面

是乐园　是天堂

是折翼天使的

疗伤之处

他们在唱着歌儿

他们在数着星星

这是一个宁静的地方

可以睁着眼睛

看清光明和黑暗

简单的心

白天与黑夜
纷乱繁复
剥开层层外壳
是一颗
躁动的心

人们与人们
纠结缠绕
透过寸寸光阴
留一颗
简单的心

我只是
睡在黑夜里
活在时间里

去呐喊
去彷徨

去挥霍
有限的时光

静下来
或许

你只是

需要一颗

简单的心

高楼后面的风景

就像是历经千辛万苦

我终于又来到了这里

怀着酸甜的滋味

想看看远方的风景

只是远处的光

已经被遮挡

到不了眼睛

平地起了高楼

河流改了归路

我发现自己

只能做一件事情

就是站在这里

像棵树般立着回忆

回忆　　回忆

高楼后面的风景

冬日大风

不要理由
也不用铺垫
当你把一头
如丝般乌亮黑发
剪了
我就知道
我们的缘　尽了
人在世间

四方飘荡
宛如浮萍
落地生根
只是
今后
再也不能
穿过你的黑发我的手
停靠你的下巴我的肩
亲吻你的脸颊我的唇

大风
吹起了
你的角落
暗藏的情感
就像那一抹

曾经鲜艳的唇彩

浓厚而炽烈

冬日的夜晚

月光映出残雪

身体摆放着

大脑也搁置

呢喃的默念

那时的甜蜜

微风如我手

也曾弄乱你的长发

现在我

一个人　在晚风里

跳舞　纪念

消逝的爱情

顺宁飘雪

异乡的云朵如彩旗飘飘

纷纷在风中舒展

清风徐徐向前引路

宁静的村庄还蒙在鼓里

城镇也已经进入梦乡

狗儿都温顺地睡着了

没有电闪雷鸣

却是从容淡定

午夜的天空

按时上演一出交响乐

每一朵云儿都开始歌唱

如礼花般绽放

又如柳絮在飞

在零度之下

雪的花如约而至

漫天飘扬

竟是如此贴心

给冬日的大地

编织起一层素裹的白纱

今夜星光灿烂

今夜星光灿烂

街灯也露出笑容

什么都不缺

只需一点点烂漫

远处钟声拉开幕布

我们站在舞台中央

今晚不做别的

只上演风花雪月

街角的晚风送来祝福

我和你深情凝望
这刻真心在交融
我们是痴情恋人
演绎甜蜜的爱情
风铃为我们伴舞
鸟儿为我们歌唱
我和你深情相拥

我们曾经
走过万水和千山
在大漠深处看孤烟
在长城之上迎北风
在钱塘江岸观潮水
在雪山之巅浴月光
一路上有你
我们诗酒相伴
快意人生
恩怨情仇
相忘于江湖
白马西风
踏遍天涯路

而今夜色无眠
在南方如春的小镇
我和你深情热吻着
真挚的爱

燃起缤纷色彩
与星光辉映

一月一日莲净庵拜佛听经

古佛与青灯
晨钟与暮鼓
殿宇与楼台
苍松与翠柏
西域狮与蜘蛛
千年龟与白鹤
香炉　木鱼　金刚经
色　相　空　缘　因果轮回
地狱　天堂

一念起　风生水起
一念生　缘灭缘生
谁愿千锤百炼
谁能百折不回
谁放下屠刀　立地成佛
谁苦海无边　回头是岸
谁抛下功名利禄
如梦幻泡影
谁及人之老及人之幼

谁看破红尘　了然于心

装一大千世界

佛祖　菩萨

上善若水　大爱无边

发大慈大悲与芸芸

普度众生于红尘

般若波罗蜜

般若波罗蜜

能断金刚

如露亦如电

我亦愿浴血浴火

求真　悟道

发般若波罗蜜多心

向上　向善

流星

永远不知道

下一次在哪儿看见

但这并不重要

宁静的晚上

我站在楼台

抬头仰望星空

这里远离喧嚣

只要用心感受
就能看见
你在宇宙中流转
掠过夜空
短暂的相逢
却是一生
你如电光火石般划过
留下感动
一瞬的光阴
燃烧的生命
灰烬也带着高温
向四周传递
我愿为你歌唱
我愿为生命歌唱
我羡慕你
在天地间自由翱翔
我崇拜你
向着目标一往无前
我想成为你
不可阻挡
打破束缚与界限
把光和热带给世间

虽然你已消逝
但你的模样
已经深深

烙进我的心里
实际上
你带给我们的
确实太多
可是我承认
并不了解你
也许你是信使
带来另一个世界的问候
我们却看不懂
也许你是一粒种子
来到地球生根
要在地球发芽
也许你要去的是
下一个地方
但却偏离了航线
谁知道呢
也许你是宇宙的烟花
只是要给夜空一抹亮色
这也就够了
只要愿意

我可以试着自由翱翔
只要下定决心
我也能一往无前
去打破束缚与界限
将腐朽踩在脚下

但我永远成不了你

你到过每一颗星球

我却一辈子终老地球

只能在梦里幻想自己

变成你

在宇宙深处

痛快地飞翔

昨夜将一条老路走了一遍

旧日的路灯立在老地方

长出花纹般的裂纹

风一如既往

从路口涌起

寒气让记忆出现豁口

走在 20 年前的老路上

行色匆匆中

放慢了脚步

我的头　我的脑　我的心

浸在一个朦胧的时空

不想说那时

那时恰同学年少

坚毅的脚步

踏上坚硬的路面

年轻的心拥有清澈的理想
总是神采飞扬
欢声笑语
欢声笑语对世界宣扬

今晚我又走在 20 年前
那条老路
耳边传来阵阵歌声
忧愁　感伤
昨天的翅膀
无力托起今天的身躯
我明白我们
在世界的一半
每个人做着同样的事
每个人都走一条路
属于自己的路
每个人都在看
看着这个世界
这个相同又陌生的世界
我们已经
回不去世界的另一半
走在老路上重温
转角处夜晚明亮
我们在相同的时空

那个人还在灯火阑珊处

我知道自己
心中的路灯不熄灭
走在老路重圆旧梦
大雨过后天空会晴朗
黑夜过后大地会复苏
只要不停下
走出山谷就会走到山峰

把 20 年前的老路
又走了一遍
就在今夜
圆不了　却忘不掉
人生就是这样
从一条路到另一条路
明天我又要上路
去走另一条路
人生就是这样
前面总有几条路
可是每次只能踏上一条
每条路都不同
有人耽于路上的风景
放慢了脚步
有人苦于路上的艰险
停下了脚步
有人感于彼路的光鲜
掉转了脚步

我选择走下去

走完这条路

用我的一生

明天我就要上路

我会将从前的脚步

收起　叠好

在漫漫长路上

不时拿出来

然后走下去

无论前方是什么

我们要庆幸

自己的脚下还有路

只要有路

就要不停走下去

即使走到没有路了

也要踩出一条路

夜曲（一）

太阳偃旗息鼓

月亮粉墨登场

睡着的人在梦里安放

灵魂可以自由地飞

窗外的林子寂静

天上的月光寂静
追月的云影寂静

一片片寂寞
试图从紧闭的门窗中
挤进来　结果
睡着的人在梦里
更寂静了
醒着的灵魂在梦里
更加自由地飞了

夜曲（二）

宝贝啊宝贝儿
在这个幽深而寂静的夜晚
我抬头静静地仰望苍穹
整个天际群星在熠熠生辉
月亮也尽情地垂下它的羽翼
不知道你的窗外是否香气袭人
那些可爱的精灵已在把你萦绕？
就让月亮帮我洒些银色的祝福与你
让星星也敲下些碎片落在你的小径
不过啊宝贝儿

你在草地玩耍要穿上鞋子
防止星星的碎片扎破你的脚丫儿
我已经习惯在夜深人静时想你
你也已习惯在我的想念里入梦
没人能够替代你我彼此的位置
宝贝啊宝贝儿
整个世界越来越宁静了
你就枕着我的情话儿
轻轻地轻轻地闭上双眼

一个雾霾的天气

一个雾霾天气
我早早来到花坛
转着圈儿
希望碰到一个人
太早　人们都还没起
我的手指寂寞地
划过墙角的裂纹
天空透着灰色的迷蒙
像青鱼的脊背
湿气洗涤着大地
朦胧中带着清晰

仿佛这世界的焦距

没有调好

我在这个大花园中漫步

窗户后面的人们

睡得沉寂

不会遇上别人了

我只看到

自己

我最熟悉的

陌生人

时间一段

微不足道的闪光

根本来不及回想

退潮后是洗涤的清净

却留不下我的思念

黄昏总是扣人心弦

因为夕阳总是如血

遗物

总以为早已忘掉
却总是在不经意间想起
月亮从某处升起
面容从某处划过
我看见我的心上
在某年某日
早已刻下痕迹
它们旧了
却还是
发出幽幽的光泽
用血也洗不掉

蒲公英

我在对面的山上看你
自由而高贵
烂漫而典雅
飘呀飘
飘过一座高山
跨过一条河流
与白云打个招呼
给太阳一个微笑

你有扑朔迷离的外表
你还有一颗勇敢的心
你走你的路
放飞的是肉体
也是灵魂
落下的是生命
也是精神
我在对面的山上看你
飘过了一座高山
跨过一条河流

老宅

人的一生要住过几所房子
从前的叫老宅
那里有你的
成年
少年
童年
以及呱呱坠地时的哭泣
以及你的父母们
以及他们的父母们

老宅的门被摸得很光滑

亮得像沧桑的镜子
请别在它面前晃
因为你可能看见
模糊的旧容颜
前世的幻影
勾起你往事回忆
难免堵在心头
落泪伤神

老宅的屋檐依旧翘立
尖得像出征的号角
下雨的时候
请别在它下面站着
因为你可能听见
雨水滴落下来
串成的艾曲
沙哑　　幽怨
将你催眠　　进入梦里
见到从前
难免分不清梦幻现实
不想从梦中醒来

家
在今后某天
就会被称为老宅
人寰无限

血肉相传
我们
若干年后
也将被称为祖先

蓝月亮

所有的人推开窗户
迎接这个时刻到来
它的光投向我
影子就倒在这里
沉醉不起
浮云在轻轻叹息
尘世的步履太匆匆
蓝宝石般的月亮
给我一个吻
编织一个梦
包裹了房子飞翔
让我在蓝色的梦里
徜徉

远方

眼光是看不透乌云的
所以我拿出些时间
费尽心思地思量
远方的天气怎样
霜与火是两种极端
但我还是迫切希望
你的世界充满滚烫的爱

我的心起了涟漪
一定是你那条鱼儿游来
在我心的海跳跃
虽然你并不知道

过去的时间都是宝
过去的我们都年少
过去的事情都美好
于是我使劲看着远方
眼睛里全是从前的影

你一定也是在彼岸
看着我的方向
那叫作远方
眼光越不过高山
眼光看不透乌云

所以　我看不见你
你也看不见我

烛光中的你

我承认　我忘不了
许多人　许多事
许多的场景
特别是　夜晚
当年的夜晚
烛光中　你那脸
纯净　温馨

所以　我盼望
停电的夜晚
那是我的节
一次次　燃起蜡烛
一次次　烛光摇曳
一次次　看见
当年你那脸
永远纯净　温馨

即使蜡烛流尽了
它的泪

你那脸庞

却永远不会老

即使风

吹灭了蜡烛

你那脸庞

却还在同一个地方

等待我

用新的烛光

来照亮

真的　我忘不了

因为我的心上

就刻着它

你那脸

无言

池塘在夜色里沉静

如睡莲一样

我的心也

沉在水面之下

没什么能够替代

无根的漂浮

选择的不过是

上升或者下坠
浮光掠影中迷乱
成了一朵朵光怪陆离
看见的人
眼里满是失望
看不见的人
心里满是希望
而我
睁大这双眼
却啥也看不见

学校正午

暴露在阳光下的地面
以空气作媒介
敞开心扉叙述
庄重得可以找个支点
就足以把地壳撬起
在屋檐下呼吸
却嗅不到一丝凉意
透过窗户直达蓝天
奇迹一定像空气
存在于虚空中某处
鼻子却捕捉不到

哑巴在喋喋不休

真的　　却没人听得见

思想被打包

尘封于某个角落里

不能睁开眼

不能张开嘴

意识不由自主

随着正午的热浪摇摆

人们在转圈

影子在旁观

我们

渐渐在高温里迷失

希望和绝望滋生

我想要做个歌者

发出发聋振聩的呼号

却发觉身体在发软

没有了力气

夏日

在酷热的夏日

我站在太阳底下

沐浴着阳光

等着风的到来

我无动于衷，无动于衷

最热的空气
可以使铅融化
每个毛孔都打开
皮肤不停地流泪
身体舒松伸展
汗水来洗心革面
我沉默不语，沉默不语

骄阳似火
大地也将被榨干
我不会逃离此地
也不会心生怨霾
只是我要的风
它何时吹到这里，吹到这里

艳阳高照
影子慢慢伸长
不知不觉就站在
星月交辉之下
等不来风了
可这已经不重要，已经不重要

无处安放

推土机的节奏
就是把这里
都夷为平地
我驻足而立
不知道该高兴
还是去伤悲
瓦砾堆下面
掩埋着多少
旧日的风骨
而风与风暴
从不曾打扰
就在今日
却要暴露在
阳光底下
已无人认领
一百年前的理想
现在就要
重新来实现
只是灵魂
总无处去安放

瓦砾堆上的一棵树

乱石与泥土在解构风景
将落幕的夕阳投下温柔一瞥
瓦砾堆又注入了红色血液
在埋葬自己的坟场欢呼
眨巴着眼睛证明它们存在
是的这一刻空气凝固了
眼泪全都在天际飘荡
这棵树依然立在大地上面
作为一棵树它太高太大了
在这里挺立直到黄昏黑夜
它把力量传到天上使空气颤动
感染了瓦砾和泥土，星星和月亮
50年，100年，200年
昔日的荣光就如过眼云烟
如今所有记忆被埋在土里
变成黄沙坠入深渊无处找寻
只有这棵树还在抽枝发芽
它的枝叶如巨大的手掌覆盖
让脚下的土地在夜里安然入梦
它的年轮如巨大的眼眸睁着
见证了世事变迁与沧桑
我想它有资格和地球一起同在的
一直到世界末日

不如这样吧

没有一条路能通往彼岸
我所见的都是虚妄
没有一个人能陪一个人过往
心所想见的都不会实现
紫色的天空充满凄迷的泪
手摘的鲜花就快要枯萎
将化作尘土等待下一个轮回
心儿向左脚步却向右
在路口我不知风向哪个方向吹
即使已经走遍了千山和万水
这条路却依旧没有尽头
如果地老天荒只是传说
我何必苦苦地去找寻
如果明天注定要阴郁
我何必在今夜祈祷阳光
不如这样吧，不如这样吧
让星星的光芒亲吻我的脸
让月亮的光芒来枕着我的头
在晚风徐徐编织的花的摇篮里

范佩西

出来混　迟早要还

如果说给个期限

那最后还是要由你结束

十年的光阴白了头发

心底里有太多话要说

是苦涩是无奈也是决绝

相逢又在风雨中

离别前都不想看一眼

而今当年的细雨如约而至

你疯狂呐喊

我以为忘了一切

没有英雄的年代

我希望你成为一个战士

不求所向披靡只求不要倒下

总觉得离开的那天无言

总觉得相见了不如怀念

可是这一瞬间我还是错了

有多少失望就有多少期待

忽然热血就涌上了喉咙

就让雨下得更猛烈些吧

像一个勇士那样挺立着

真的　出来混迟早要还

花有清香月有阴

今晚我看见你在唱歌

白昼渐渐地熄灭以后
夜晚在我的周围暗下来
细雨还是一直下个不停
远处的山峦更加清晰了
我看见你在路上走着歌唱
夜空用黑色的褶子抚向大地
你的面容在黑色里更加清楚
你的声音穿过雨滴到达耳朵
我看见的全是你的脸
特别是那双眼　明艳动人
我也看见你的唇　却紧闭着
可你的声音还是进入我的耳朵
这让我感到丝丝的悲哀
夜晚的时空有些弯曲了
我和你早已不在同一个地方
逝去的日子已消逝在身后
往事就别再来到心灵深处
它们已经滋润不了干枯的心田
只有遗忘了过去才能不再伤悲
不再转过身去才会不再悲哀
心里的那朵花还要在前方绽放

在叹息里

恰如你的柔情与你的容颜
在长夏的艳阳天久久不会飘零
我又怎能将你比作夏日与艳阳
在你的亲吻里世界如此甜美
你就是让人心醉神迷的花儿

鞋子有节奏地敲打着地面
灯光从剪纸的窗投在墙上
我看见了你的模样与伤悲
推开门我用唇儿吻干你的泪
你的眼温柔地抚爱着我的心
今夜的柔情与衷肠到天明
桌上的烛点燃了片片玫瑰花瓣
在夜空里洒满幸福的希望

再热烈地亲吻着亲热一会儿吧
再沉静地拥抱着看着彼此吧
天亮了我们就含着泪微笑着离别
我们的爱情是如此决绝和无奈
在叹息里你的容颜是如此憔悴
在叹息里我的脚步是如此沉重
你的目光透过剪纸的窗投在我的背
我的背影在剪纸的窗格里渐渐远了
你我在心里回忆着一开始的从前

顺其自然

该来的它终将来临
该走的你别想拦住
当早晨第一缕阳光洒在脸庞
我们应当感激和祈愿

让我们与自然和睦相处吧
纵然是今天雨下个不停
也不妨碍我们打伞看风景
而雨后的空气是多么甜美

让月亮绕着地球转过白天黑夜
让地球绕着太阳转过春夏秋冬
让古老星辰的光芒到达人类
让彗星拖着尾巴与我们擦肩而过

我们的灵魂孤独地悬挂着
在理智和荒谬的边缘徘徊
我们的思绪漫无目的地飞翔
恰如绵柔的细雨停不下来

也许不该面对这个世界
也许宇宙是个大容器
也许容器里不在乎装什么
也许容器在某个时刻就碎了

只要愿意

只要愿意
任何时候都是
美丽的起点
想想现在
想想过去
眼前总是有片片白云
飘过

只要愿意
我们都可以
成为彼此
新的起点
不羁的青春
就是要在原野上
策马扬鞭
活着　必须抬高头颅
用滚烫的热血诠释
生命
因为我们的灵魂
干净

小镇听风

一片叶子　从树梢落下
我的眼光去　追寻
它　下落的痕迹
此刻我就　站在
临街的屋里
靠着窗户　在看
又有一片叶子　飘落
细小　但还是见到
还听见　它落地的声音
以及　从树上带来的
温度　然后叶子
和叶子的影子
如浮光掠影
一片一片　飘在眼前
季节轮回　循环往复
各有各的　方向目的
没有两片叶子　相同
不能两次踏入　一条河流
树叶在飘落中　绽放
人们在尘世间　流浪
我　在临街的窗前
读　时间如药
叹　人生如梦

立秋

中元
身体在某个瞬间凉了一下
这种由内而外的感觉使我
清醒　立秋来了
夏天的热辣还让头晕着
夜里温度带来的汗水还黏着
心中的凉意已在不经意间扩散
于是不想听叶子说些什么
于是不想听微风说些什么
于是不想听你说了些什么
季节的交替伴随着绵长的情怀
就把恩怨情仇统统留在转折点后面

在今夜悬挂起一个盂兰盆
切切地装入大爱、亲情、宽宥
在今夜点燃起一盏长明灯
缓缓地放手让它成为一颗星
请月亮来当信使帮我们圆梦
天上的繁星点点地上的万家灯火
祖先的灵魂不曾离开过
一直与我们同在

后知后觉

街头的灯光拉开了序幕
却没有悲伤和惊喜
一切仿佛早已经历过
天空的黑云遮蔽着结局
再也想不起梦开始的地方

不应该去追寻，让时间停止
回过头去捡拾曾经的花朵
在广袤的大地上撒野
告诉自己要快乐就别飞太远
无与伦比的还是心的宽度

最美的日子也有片刻的惆怅
时光的烙印慢慢就爬在脸上
赞美的语言总是与世界偏离
没有得到就没有失去
活着就是生命的意义

我们的想法相同
我们的想法不同
谁也不能抗拒
从生老到病死

在老地方

在老地方　偶然抬头

看　旧日的　风景

那些青山　和绿水

熟悉的　花儿　香

再次　陶醉得　流眼泪

在老地方　抬起头来

看见了　旧时的　风景

却没有　旧日的　足迹

蓝天　依旧

白云　依旧

小草　依旧

鸟儿　依旧

看风景的人　依旧

风景里的人

依旧　在记忆的深处

冬夜

黑眼睛在夜里浸湿

眼光里流露着一些向往

冬日的夜里有风

钻入鼻孔浸润

忧郁从心间流出

天空呈现它深沉的蓝
每一张脸都泛出诚意
只是走不进彼此的心里
泪水浸湿了睫毛
眼光里闪出一丝温柔
冬日的夜色渐渐沉重
忧郁在夜里流淌

有人流连于路灯下面
泛黄的灯光欢快地吟唱
随意撕扯影子
却照不见眼眶里的泪
凛冽的寒风扑向我的面
冰冷的气息侵袭我的心
高悬的明月照亮我的路

当我看见你的眼

我在明媚的阳光下行走着
逆光的风儿摇晃着花的脸
路边的小草早已笑得弯了腰
我那深沉的思绪却了无边际

直到我的眼睛看见了你的眼
深沉的思绪刹那汇成一股泉
滚动的音符流入森林的深处
我的心海成了汹涌的波浪
爱的潮水应该推动心的交融
爱的风暴应该冲刷幸福的安详
人世的风景就是在绝望里生出
此刻我克制着眼光来看你
蹉跎的灵魂在痛苦中沉醉
欲拒还迎的目光摇曳起柔情
冬天的阳光终于染黄片片草儿
你要给我的是娇艳欲滴的红唇

思绪

天空下着流星雨
我给自己许个心的愿
背上行囊去远方
了无牵挂地奔跑

从这到地球另一面
路上可不必带着伞
白昼的阳光和夜的雨
尽情来洒向我的面

张开双臂呐喊疯狂
双脚离地大笑淋漓
做个地球上的"人"
你就要不停下脚步

小桥流水人家
夕阳西下东风
高山顶上秋月
灵魂和着白云入梦

我想要走进全部的风景
留下一生所有的足迹
从地球那边到这边
从地球到下一个地球

看见乞力马扎罗的雪

晚祈的钟声在耳边回荡着
白鸽振翅高飞已渐行渐远
白色的翅膀化作白色的雪花
落到乞力马扎罗山的顶上
乞力马扎罗的雪白得刺眼
在黄昏的天空冲破黄昏
一种力量直达人的心窝

秃鹫的叫声预示着死亡将至
枯萎的树根挽不回生的期许
慢慢死去的身体渐渐腐朽
等待救赎的灵魂等待救赎
在尸横遍野以前也曾一片繁华
一双腿在现实的泥潭里沉沦
内心的挣扎使身体越陷越深
肉体的幻灭是心灵的净化

草原的季风又吹绿了青草
吹老了马上的少年
曾经不羁的青春已经逝去
蹉跎岁月只留下蹒跚的脚印
追寻真理的头脑映不出真理
乞力马扎罗山太高太遥远
山上的白雪将灵魂刺穿
殉道者的头脑被意识流掏空
只留下风干的躯体继续殉道
草原上承载着太多生命之轻
所有路的尽头都刻着宿命

乞力马扎罗的雪变成了鸽子
傍着晚风飞回熟悉的家园
耳边又回荡起晚祈的钟声
地域的疆界在意识流清洗下消失
星月交辉的大地书写因果与轮回

时间（一）

我发现时间
是世上最好的药
不甜不苦　不温不火
慢慢地煮
让我们忘却了笑容
习惯了痛苦
甚至记不起来时的路

我终于明白
时间是最毒的药
悲欢离合　生离死别
让我们复制着昨日
沉沦于今日
甚至哭着叹息起了明日

君不见　花谢花开
已有雪落于身后
又不见　春去秋来
断肠人还在天涯
现在的我
却依然浪迹于此地

晨间的露　夜晚的星
天上的白云悠悠

那些年　这些年

离去了　又回来

时间尘封了往事

它让一切变了

下一次离别后

你还会再回来吗

时间（二）

过去的错误没法弥补所以憧憬将来

现在的不堪又滋生出心底里的幻想

没有遇到的生活注定再留下些遗憾

所以我多希望时光倒流让往事重来

经过生活的磨砺谁都明白真心所在

可是谁都不能把握无法确定的未来

听多了道理你依然过不好你的一生

重新选择的人生其实是另一种将来

我所珍惜的在下一个时空谁会在意

我所钟爱的在另一个夜晚终究在变

时间在指挥着心灵的欲望脚在跳舞

当人生的幕布落下之时只剩下时间

当时间里的大脑尝尽所有喜怒哀乐

也许只有心中的幻梦永远不会泯灭

浮云

昨天的花儿在手里慢慢
　　枯萎　多么使人绝望
心中有股冲动仿佛要将
　　热血喷溅　可是山岩
　　的光已经暗淡　我知
这些不足以弥补心里的
　　　　　　失落

　　　　　　路边的野草
止不住在疯长　可知道
它们吸收了什么　不要想
　　　去追寻最初的风
无根之水也将四处流淌　人
　　　　　浮萍于尘世
在生命被时间解构时呻吟
　　世界从不缺少呐喊
　　今日的事昨天已经发生
远古辰星带来一万年后的光
　　是照在家园还是废墟

夜里

我在黑暗里倾听　来自
乌云的低语　如果
心海泛起了波浪　那
远方必有一颗心也在听

我在黑暗里沉默　看
窗外小雨淅沥
无眠的夜晚编织着一张网
树上的叶子明白　月朦胧
月把温柔传递
它的轻抚让我　想起
远方的你
敞开的心扉永远不会关闭
无眠的夜里我可以
听雨　听风　听你

我的世界不曾有你

我的世界曾经有个你
就好比鸟儿栖息在枝头
或者是甜甜的歌儿萦绕
繁星下的低语　清晨

露珠寻觅阳光的温暖
闭上双眼迷思　心头
荡漾起爱之舟泛起的波浪

我的世界不曾有你
天空的云彩流动着的
幻象　已经给出了答案
我或许只是在梦里见过你
不过　今后我可能
永远不会见到你　因为
一个梦总不会去做两次
也许　甜美的爱情小舟
最后也会沉沦于苦海

暗香浮动月黄昏

歌唱

我该怎样重新拾起

从前的生活　无以为继的

是内心的绝望

我该怎样忘记过去

暗淡的日子　了无牵挂的

是昔日的龌龊

这样才是表明与昨天的决裂

决裂之后就穿上一件

新衣裳　在已不太冷的

夜晚看月亮　还要

摘一枝花儿　将它

送给走近身旁的女郎　如果

这样还不够　那我祈求神灵

给我一副好嗓子

在天高云淡的塔尖上　带着满腔的爱意

对着人们歌唱　歌唱爱情

歌唱生命　平等　自由

以及所有的物种

夜里走过无人的广场

夜里　走过无人的广场
没有人　只有红色灯箱
发出的光芒　把地面
映得通红　没有人
广场中央立着一棵树　静静地
好像置身于家的庭院

没有人　周围有几把铁椅
椅子泛出暗红的光　一种
神秘的气息笼罩　尝一尝
空气有一股慵懒的味道

没有人　我却听到远处传来
歌声　沙哑却嘹亮
布鲁斯　蓝调　摇滚　金属
灵歌　乡村　神秘主义
它敲开了心扉　直达我心灵

我看见一匹马在奔驰　它
不断跨越山和水　四肢
紧贴着大地　没有人
歌声渐渐弱了　最后听不见
只有马儿还在我的脑海里飞奔着

看流星雨

空气已经被月亮梳洗过了
连云朵都扎起了辫子
在天上愉快地追赶着
有一点清新　加一些凉爽
我仿佛浸在漂浮着冰块的柠檬水的大浴盆里
不要说话　只要去听　去看

深蓝的天籁　星星
已经就位　正上演一出交响乐
真的　在你抬头的一瞬间
一颗流星已经划过苍穹
刹那间的感动像触电一样
占据了你那干涸的心田
别出声　去听　去看
别让这新生的宛如水晶般
晶莹的时光流逝

流星划出一条条属于我们的
通道　用心去找到你的那一条
就能够抵达生命的光辉
整个天空如玫瑰花般绽放了
光芒从一颗星到另一颗星
跳跃的音符从星座这一头到
另一头　宇宙伟大的歌声

眼泪从一双双眼眶溢出
天上的光终于汇成一双
巨大的眼睛　注视着大地

太极山怀古

如是我闻
人生如梦
远去了鼓角争鸣
望云思乡思亲
遥想当年金戈铁马
壮怀激烈的家国情怀
敬一杯薄酒
听杜鹃啼血如泣如诉
将往事和着风沙道来
依稀回到了童年
再听奶奶讲那些从前

站在高山之巅
仿佛时空已经转换
大风吹着纸钱漫天飞扬
吹得我紧闭上双眼
在青天白日之下流泪
字迹已经在慢慢老去

需要辨认才能看得清楚
一生的时间太短
只在碑上刻下一个名字
一生的时间很长
让儿孙用一辈子来纪念
一缕缕青烟是一条条通道
连着一丝丝血脉
无论灵魂已经飘了多远
总能够听到　看到　感觉到

城南的一个葬礼

白色的纸钱从楼上飘下
天色还不算晚
一群人表情肃穆地围着
有人醉了　有人哭了
花圈上的名字似乎还是
那么新鲜　你不知道
而我们知道　死并不可怕
可怕的是　伴随死亡而来的呜咽
目睹由生向死的眼泪
以及　渐渐冷却了的心窝
就这样撒手人寰　也许
早已经厌倦了尘世的无聊

告别了　曾经的勇气和愿望
让他们　尽情地充当悲者

轻柔的风从庭院吹过
天色已经太晚
这道门将一直敞开着到
黎明　灯下的人们脸色
已经憔悴　却在交头接耳地
谈论可笑的命运　我知道没用
没人能够指点迷津
牧羊者在黑暗中挥舞着皮鞭
迷途的羔羊结局已经注定
不要去猜了　因为
永远只能够猜到开始
没有人会猜到结局

来时的路是多么崎岖
通往天堂的路是多么平坦
每个人都在夜里竖起衣领
再掩饰一下心中的创伤
在今后的时光里不断去回忆
一个生命的逝去　曾经的
感动　永远的伤痛
然后　迈着轻松的脚步
回到各自的家里

听说

听说宇宙在膨胀
那些远古的星辰
将离我们远去
光芒越来越
难以到达地球上
那么将来的某天
望向天际的眼睛
只看见漆黑的空间

听说月亮在离开
每年一厘米，两厘米
不知道它为何这样
一旦分开
地球就会颤抖
失去节律　也许
亿万年以前
它还是地球上的一分子
悄悄地走　正如
悄悄地来
如果人类足够长久
潮起潮落再不能看到
诗人对着夜空无处对影
沮丧的心吟不出月亮之歌

听说磁场在消失
那么蜜蜂与鸽子
还能不能找到回去的路
太阳风将长驱直入
带电粒子要占领地球
瘟疫会到处肆虐
气候变得恶劣
人类的冬天来临

听说我们有过辉煌
底格里斯河
幼发拉底河
尼罗河
印度河
地中海
长江　黄河
孕育人类的文明
甚至还有　远古的
亚特兰蒂斯

人类的辉煌还将延伸
在灾难到来以前
地球上的人们
将要共同去面对
那一天
在那一天

全人类淡化了疆界与肤色
再也没有意识形态
只有家园和真爱
付出与牺牲
听说　只有爱
能让人类的火种
在星际间穿越

墙上的钟

七月的空气充满着炎热
梦中的旅人将窒息在沙漠
天边的绿洲是长在头脑的幻影
内心的渴望就如同看见了
海市蜃楼
墙上的钟
在有条不紊地指示着时间
七月的空气蒸腾着身上的皮肤
钟的指针也被压抑得变慢
水分从身体的表面分离开去
汗水滴落在地面溅起了花朵
指针的嘀嗒声配合着时间
变慢的时间配合着目光
看着汗滴下落指针旋转

时空在扭曲一切在变缓

我还在我四维的空间里

看见无数的时间在扭曲

它们的指针在跳舞

它们熔化成液体

从墙上滑落到地上

从地上爬到了桌上

指针还在指着时间

很慢　很缓

我告诉自己　我还在

四维的空间里　睡一觉

再睁开眼睛就好了

我相信

我相信地球有上一代文明

甚至很多代文明　毕竟

地球已经 46 亿岁　人类

只有几百万年　人类

还很幼稚　在地球上的历史很短暂

认知这个世界很肤浅

就连夏朝都没有定论

何况更加遥远的过去

佛家的一劫也有几十亿年
佛道的因果轮回　或许
与宇宙的循环相应
宇宙在爆炸以前是另一宇宙
另一宇宙之前是
另外的宇宙　旧的宇宙之后
新的宇宙产生
一个文明湮灭　会有其他文明开始
恐龙在地球上已经一亿多年
灭绝之后新的物种崛起

到今天人类统治地球
谁也说不清未来会怎样
存不存在文明的瓶颈　或许
人类也过不了那个关口
总之是人类自己　或者
是某种不可控制的灾难
使人类灭绝　然后
由新的物种来替代
来统治这地球
不断地循环相生　相克　无穷无尽

我们不会知道

我们将不会知道
假如恐龙还活着
将进化成啥模样
它们的文明我们不知道
它们的量级与我们不同
"亿年"与"万年"
差别如此巨大
如果它们进化到现在
那么人类也不能存在
我们回不到它们的时代
它们也繁衍不到现在

地球上的文明
不可能同时进化
两种文明不会共存
就好比尼安德特人
终于被智人所淘汰
生物的进化就像是
上帝手里的一盘棋
倒下去就灰飞烟灭
活着的再去下一盘

不同的文明有鸿沟
彼此间不会了解

所有的生物在进化
所有的生物有智慧
所有的生物可能灭绝
文明的意义在于存在
存在的意义在于发现
发现宇宙的规律
只有生命才能够做到

变化的宇宙的规律
总是让不同的生物体会
去生存　去探索
是生命证明了一切
证明了地球　月亮　太阳
以及宇宙的存在
其他生命的进化
与我们人类不相同
他们的文明
我们将不会理解
不过这些都不重要
生命如果一直延续
宇宙也将一直存在

傍晚走出家门

傍晚的空气总是清新
经过雨水的洗涤
闻见青草的味道
走出家门
习惯地看一眼时间
计算一下脚步的轨迹
从迈出第一步
身体就穿越了季节
浓缩成夏日的脚印
给生命加点流光
一路向北
漫不经心的漂流
却是宿命般的走势
无心去看风景
身体作为一叶孤舟
在这条河里漂泊
不必要承载那些东西
随波逐流地到达
在路的一端停止
旅途不需要船票
完全听从心的呼唤
彼岸的风景是幻影
给生命再加点溢彩
一路向南

用路灯丈量心的距离
不是每盏灯都照着路
心灵的创伤需要坚强弥补
到下一个路口以前
灯光只照亮落寞的背影
黄昏的天空总是很宁静
我的脸
在路上改变着脸谱
不需要你看见
匆忙的脚步
是一种不变的坚守

午后

将午后的无聊
寄托于手中的绿茶
杯子放置在手心
微风轻轻地吹
一泓清水微微荡漾
水里的小叶翩翩起舞
穿着绿袍挽着凤髻
如长袖善舞的女子
在古韵的台上低吟
微醺的风和着茶韵

和着暗香　我闭上眼睛

啜饮

不放过丝丝气息

于浮光掠影处得清闲

岁月在流转

仿佛回到了从前

庭院中的老井　水儿透出清凉

老槐树上的知了

远处无声的细雨蒙蒙

奶奶手里的针线与祥和的笑容

虫儿飞

浅浅的酒窝红脸蛋

嘟嘟的小嘴吐舌头

晚风在吹

虫儿飞

深深的黑夜未入眠

丝丝地牵挂在心头

彩云追月

虫儿飞

匆匆的时光如流水
沉沉的往事成云烟
伊人心碎
虫儿飞

浓浓的爱意洗不去
淡淡的离愁满天飞
泪眼迷离
虫儿飞

虫儿飞
虫儿飞
小小的虫儿满天飞

雨

贪婪的雨水企图拥有所有
城市和村庄挡不住的欲望
让灯光也凄迷　甚至
将梦中的人们浇淋
心　在雨滴声中穿行
良人做着失落的梦
雨　成了活着的化石
勾起无边的念想

上天宣泄着力量　看似无情

却满怀着深情　众生

在迷城中　纠缠不清

欲说还休　雨

成了迷思中的端点　破碎的心

企图打开一个缺口　于是

我伸出双手　去接住

你的那一滴　刹那间

仿佛你的眼　又来

温暖我的心

待绿树又成荫时

今天　我就将离去

在路上　拾起记忆的碎片

——放回到胸口

挥一挥手　无声的告别

告别所有的过去

离愁的日子就要远去

想要抓住些什么　却发现

在回忆里遇不到边界

另一种色调　就像在

童话般的世界　我们的过往

有玫瑰色的迷幻　却是
简单与纯净

灯光和月光
还将一直照着那里
而我　早已经不在此处
有时候　微风和着细雨
还会轻轻地怀念过去
直到大地也开始哭泣

有人叹息天黑得太早
夜色就将他沉醉
我相信这样的情怀
不会随黑夜的降临而褪去
待绿树又成荫时
焉知我不会重新回去
期待与你老地方相遇

天终于晴了

雨里看不见远方
只能让自己成为一幅画
手托着下巴倚着窗看雨
淅淅沥沥地像许多小手

抚摸着皮肤与心脏
给身心一些惆怅

忧郁沿着空气传递
使每个人烦躁
雨中的街宁静
只有雨的声音
这种单调与沉寂
让人们滋生某种冲动
站在雨里去呐喊

一种情绪退却
另一种情绪占据
已经掏空了的心
慢慢变得充盈
不知不觉中
迷蒙的远方渐渐清晰

是时候把伞放下
不是行为艺术
因为天终于晴了
我们又可以去
离别或者相逢
有点忧愁和感伤
但不会笼罩天空

我看见过你的笑脸

我看见过你的笑脸
宛如花儿在风中摇曳
生命之美热烈而纯真
沁人心脾的闪电
照亮了心扉里的暗影

我没有看见过你哭泣
可是我能够感受到它
在梦中　那些夜色里的伤悲
就会来把你侵袭
你的眼珠里面会涌出泪滴

黑暗中泪水却发出笑声
笑声里满是伤心和失落
宛如将要凋零的玫瑰花
每当这样的时刻来临
我的心在痛　所以
当你哭泣时
我要吸干它们　那些泪珠

让快乐的云朵在天空舞蹈
阳光紧紧地追逐你的脸
惊鸿一瞥　你的笑
使一切黯然失色

爬山

赤着脚走入泥泞的小路
泥土和着青草做靴子
踏着水滴轻轻迈步
许多脚印已经在前面指路
周围的树影欢欣舞蹈
迎接每一位过往的羁客

这是一条通往山上的路
崎岖的背影蜿蜒到山顶
躯体被密密的叶子遮住
清新的空气滋养着魂灵
人在钢筋水泥中待得太久
难免沾染尘色与疲惫
心里眼里映着霓虹的幻象

是时候走进这条泥泞的小路
让浸润过树叶的雨滴落下
将身心滋润　洗心革面
在山顶俯瞰这片大地
人如草木生长于地上
只想返璞归真　做回自己

九月（一）

九月里鹰飞秋高气爽
西风卷起了黄花
风沙在漫天飞舞
耳边响起时光的嘶鸣

独自漫步留下些脚印
等着黄沙淹没
直到夕阳留最后一抹残红
冷风扑面吹乱了头发

丝丝的凉意由外而内侵袭
心里滋生一种自由自在
独自在漫步不需要方向
只要愿意就不会停下来

总想要成为一个英雄
能给你一生的呵护
九月里稻香瓜熟蒂落
夏日的骄阳酝酿出秋的宁静

流逝的时光如流水在倒退
一个个昨日已成为遥远的记忆
明日世界没有谁来注脚

总有欢笑泪水和一点忧伤
还有你的淡淡的容颜在心间

九月（二）

9月的天空依旧，布满着乌云
我故意在那儿，故作深沉地逗留
那儿有浮出水面的鱼儿，还有渴望
和昨日留下的伤怀

我不会再说一个字，因为大脑荒芜
旁边的景色也褪去颜色，它们被我的心情
和近乎发狂的眼睛
涂抹得黯淡无光

我的内心在嘶鸣
但我依旧不知道，怎么向你阐述
这个心中的故事

我只是故意的，故意在这儿逗留
编织另一个故事，可以说
我的意愿，就在故事里面
我度过这么漫长的时间，在这儿
只是为了，见你一面。

际遇

初秋的天气微凉
天空的色彩不再明朗
过去的日子渐渐发白
万千的思绪堵在心里
许多话儿却说不出口

一生终究不是儿戏
人们都有各自的目的
我要的就是做回自己
最后的结局无可逃避

我站在高台独自矗立
虚幻的云彩已经退去
留下了黎明和温暖
殿宇弥漫昨日的回忆
腐朽的躯壳慢慢老去

晨光撕裂着远方的天际
五彩的霞光照亮了大地
人们都有各自的际遇
虚假的情绪将被过滤
纯真的精神如同明月
给黑暗披上银色的光芒

我们在各自的空间漂游

在某天一定会相遇

这是宿命也是一生的际遇

相逢

小城被细雨笼罩着

烟雨凄迷的景色

狭长的街道上

许多雨伞飘过

不经意的一瞥

看见你在路的一端

一个人　一把伞

构成凡世的风景

别致的画面

你的眼睛看着我

流露出熟悉的光芒

牙齿轻咬着下唇

头发沾了些许雨水

顺着脸颊滴在地上

那些曾经的场景

如交响乐般在耳边响起

你还是你

我也没有变

路的两端并无界限
而昨日的微风
不会再轻抚你那脸庞
我们都挺立着身体
彼此看着对方
我想无论在世界尽头
还是从白天到黑夜
我们是不会忘记的
在缘分的天空下
纵然明天就是末日
也抵不了相逢的意义
生命或许就是活着
在同一个时空里
我们曾经相遇

独一无二的我

我的大脑喜欢在夜里
奔跑　这时身体里的东西
在生长　仿佛这个世界就在
怀里　或者一切统统破碎
像纸一样在飞舞
我告诉自己别冲动
虚妄的幻象点缀不了

生活　真正的自由
就在天空　或者脚下　意志
能够主宰心灵　心灵
能够诠释世界　必要时
我可以亮出翅膀
成为一只飞翔的鸟　也可以
赤着脚去走一生的路

天空和大地
是那么广袤无垠
心里的世界　是一个宇宙
独一无二的我　在地球上
生存　感受生命之花
绽放　对着星空
大声呼唤　神秘地
和谐地　远古辰星之光
经过亿万年的穿行
到达眼睛　让神经颤抖
我的思绪　在天空蔓延
乘着光　飞向四面八方的星座

月圆之夜

谁的乡愁就不是乡愁呢？

谁的青春不都是在月下老去？
谁的头上没有一轮明月？
谁在月夜没有月影相伴？

而今在月圆之夜望群山之巅
是谁着一袭白衣踏歌而行？
是谁将思念寄情于月亮洒向远方？
当虫儿在离歌声里缠绵
曾经的良人又去往何处？

月下的小径花香袭人
旧时的足迹依旧温馨甜蜜
过去的日子在月影清辉下生辉
前世的夙缘可否在今夜来圆？

天上月亮已照古人无数
今宵明月正映在杯中酒里
古月今月　今人古人
俱对酒当歌把酒问天
今夕何夕　沧海桑田

此去经年　唯愿明月长向别时圆

星期一下午

星期一下午　远方的流云滚滚
我在楼顶上竖起一根木头
作为风向的标杆
如果挂上一块有颜色的布
让它在风中嘶鸣
是否一种思想就在萧瑟的下午
生出了呢？

每座建筑其实都是标杆
无论高低　人们可以挂上这些
不同颜色的布　让它们
在同一片天空下飘扬

你可以选择归去　或回来
重要的是我们在同一片天空下
你选择归去　或回来
秋天的下午的路面　如同
在白夜般坚硬　寂静

你彷徨　在街边流连
你呐喊　唱出心中的歌儿
明亮的眼睛
纯真的笑容
秋雨打湿了你的衣裳

星期二下午

不过是些曾经发生的事
并不新鲜　慵懒的阳光依旧
我需要找寻一种颜色
或许是另一个我的存在
有种特别的感受
从肉体进入灵魂
没有疼痛　其实
恐惧并不存在　我们
不必在阳光下的阴影里
躲藏　一个声音响起
别沮丧　因为我不欺骗自己

那就再次开始吧
开启新的行程　认真的
描绘这个世界　将垃圾
清理干净　生命的
给予就一一接纳　树叶
随着脚步在身后飘落
耳边传来不凡的声响
眼睛看见神奇的光亮
庙宇就在高台之上
意向的背后万象空蒙
天地间似乎回到初始的混沌
只有一条小径清晰的存在

大地因此生机盎然
尽头就是生命的高处

星期三下午

关上一扇门　　就必然
要打开另一扇　　腐朽的
它永远陈旧　　即使
新刷了门面　　但是
里面依旧　　那么的昏暗
所谓不破不立
却没有谁能够料想
明日的风景

每个人
呼吸着活着　　有时候
会想到自己的渺小　　看看
那些摩天的楼　　不要
像蝼蚁那般趴着
至少　　偷偷地活着
已经足够　　慰藉不安的灵魂

那些草木　　向着太阳生长
万物立于地上　　不可能

是偶然的恰巧　　阳光
总是能够照着每朵花儿　　有爱
会让内心纯净　　有恨
会让它生出个追求
不过　　在上苍的眼中
生命或许　　无爱也无恨

星期四下午

这间房长 6 米宽 3 米高 2.5 米
黄色窗帘几乎垂落在地上
压抑却富丽堂皇　　矛盾
整天见不到太阳　　但是
夕阳的最后一缕余晖
却能透过窗户到达我的脸

这间房是我的空间　　容器
我在里面重复　　幻想　　有时
望着外面发呆　　今天下午
我又在它肚子里　　思绪散淡
里面散发着凝滞　　越来越像个笼子
我所做的没有任何意义

很可悲　　因为身体能够自由

真要命　它是在禁锢灵魂
其实这房子　上下左右都是
笼子　让人绝望

直到我听见　来自隔壁的咆哮声
这使我激动　心跳如鼓
终于有人这样做了　那么我呢
跳出去　和他去并肩战斗？
为了拆掉它去流血
还是沉默沉默　悄悄地隐藏自己？

夜归

路边的树枝寂寥
头上顶着点点星光
月亮的辉光照着前方
小河的波光闪闪
我走在这如画的世界
远处的房屋宁静
抬头看看清辉的夜空
时间仿佛停止
思绪却在流淌
小草散发着清清的香

我闻到了你
一种无声的言语荡漾着
我听见了你
孤单的身影在路口转角处
我看见了你
鸟儿已经进入梦乡
月亮把所有的愁绪封存
从未想过你会离我这么近
轻轻地掩饰心里的创伤
轻轻地向前迈步
不让一滴眼泪流下来

窗外

从屋子的窗户望去
就可以看见了
树枝在空中摇曳
孩子在旁边玩耍
小鸟在枝叶间穿行
明媚的阳光越过枝头
进入窗户的角落

穿过小树林
听见远处涛声依旧

所有这些绚丽色彩
与我隔窗相望
误打误撞的蝴蝶
试图破窗而入
幸福永远在彼岸
有一种距离
总是在欢乐与惆怅之外

一粒种子落在土里
就让它也在心中
生根发芽
窗外与屋内
是一种镜像在时空延伸
生机盎然的小树林
承载的是一种变化
是生命在时代里挣扎
也是生命在时代里超越时代
我想我和它们一样

路边的三角梅

正午的阳光没有完全舒展
路边的三角梅正在迎风招展
斜刺里绽出枝条迎来送往

一双双亮眼总是情意绵绵

阴影里的厚重堆砌起沧桑
欢欣的背面流露出悲伤
无尽的叶子在竞相摇摆
谁把如山的愁绪洒向天际
谁的眼泪止不住在飞扬

路的中央一直在车来车往
远去的故事在回忆中上演
脑海里总挥不去最初的样子
我只想把某段时光定格在今天
在一个没人知道的地方封存
然后就肆无忌惮地大声呼喊

路边的三角梅依旧迎风招展
枝条还是在呜咽声中迎来送往

现在才发现

现在才发现
所有的理由都是借口
流走的时光永远璀璨
足够照亮内心的黑暗

我恨我自己

只会在人群背后掩面

曾经很近

近得视而不见

现今太远

远得不能再见

云朵还能否带上一些

安慰，留恋以及祝愿

流逝在那天边之外

日子是一颗颗珠子

一天天串成美好的时光

平凡的人生酝酿超凡的情感

终于才明白

如果爱

就要大声说出来

漫步

在黑漆漆的冬夜里漫步

牙齿咬破了嘴唇　温温的血

和着咸咸的泪　体验一种

幽深的寂寞　喃喃地

喃喃地将一句话儿吟诵

空荡荡的心里　　留不下昨日
孤单单的身影　　在街灯下彳亍
乌溜溜的黑眼睛　　望向别处

风儿　　夹着一种声音
将心灵带到不可企及的地方
花儿在盛开后枯萎
青春在激荡中逝去
在冰与火里　　沐浴血的温泉
脚步带着身体　　舒展着灵魂
一颗心　　依旧温热如火
却到不了它的彼岸　　是宿命
孤单单的身影　　在夜里消退

与惠特曼

在我的心里　　向往着诗意的生活

无忧无虑的笑　　酣畅淋漓的哭
赤着脚在地上奔跑　　让汗水洋溢每个毛孔
夜晚仰望星空　　诉说最深沉的幻想

在太阳底下　　我是独一无二的存在
是宇宙的孩子　　我自己就是一个世界

我的身体　我的大脑　我的灵魂
以及从身体里冲出来的意志
是那么的骄傲　无论现在还是将来
也许过了多少万年　我仍然是我
这点尤为重要　纵然他们不了解
或者漫长的时光后　终于明白
都不会妨碍　我作为一个血肉之躯存在
我的身体在这一百年里　去体会
去感受霜的冷与火的热　地球上
那些泥泞的路　我都要去走一遍
我有我的地狱和天堂　光荣与梦想
那些胆怯的泪水　摧眉折腰的媚骨
统统踏在脚下　我知道尊严何在
无论何时　它都不会从我身上离开
每天每天　我都在张开了双臂
迎接着白天与黑夜　拥抱天空和大地

春天里花开

春天来了花在开　庭院里
到处是甜美的花香　闻着花香
不羁的旅人　思念着远方
我身在家乡　心却在漂流
在无人的角落　目睹花儿开

朵朵花儿在开　眼睛里的泪珠
映出了她的脸　春风在吹
花瓣随风落　片片花香
将满怀的愁绪　统统种下来
直到来年春天　花儿又开
那时旅人已回到故乡　我的心
也将宁静　默默地凝望
那一朵花儿　就在眼前静悄悄地开

月神之歌

庭院的温度随着夕阳西下而降低下来
夜晚的微风
拂过它的领地　带来
一丝丝的凉意　热烈的白昼
已然退去　月神狄安娜已经
解开她的银色缦纱　树梢上的叶子
沉醉于来自天国的轻吻
爱情的光辉就是这样　给予和接受
留给人间的是神圣与美好

她的样子没人看得清
只有耽于回忆的舌头咂摸出味道
冷若冰霜　独自穿梭于人世

与有缘人约会于每个地方
或者就像今夜　月光下的小径
她的手轻轻滑过将要睡去的脸
她的吻吻去了睡着的灵魂的荒芜

一片片生机盎然的梯田出现
鸟儿在空中撒下玫瑰花瓣　眼前
是祥和的宁静　空气像新生儿的肌肤
睡着的人儿快起来吧　她就在眼前
只有她知道　你已经沉睡了多久
快快醒来吧　她将带你找到
森林深处的甘泉　尽管去喝吧
干涸的心田需要滋润　不必
为了一朵花儿的凋零而神伤
花儿谢了来年自会再开

爱情
托白鸽为信使　寄给每个生灵
在到达的地方　有小鹿欢快的舞蹈
人人都是上帝的孩子　没谁会被落下
当你心满意足于命运的垂怜
或者心生怨霾于命运的捉弄
看美丽的月神狄安娜的唇儿张开
正在为你唱着关于爱情的颂歌
你的耳朵听见了吗？

昨夜西风凋碧树

黄色月亮

晚冬的天空显得沉重
仿佛流露年的底蕴
天边的云彩连接着远山
灰色的远方变得苍茫
一张忧郁的脸庞高挂
淡淡的忧伤开始扭曲
厚重的眼波渐渐张开
缕缕的金光破空而下
金黄的眼珠俯瞰大地
连绵的乌云集蓄力量
翻飞的眼皮妄图紧闭
璀璨的珍珠已经出世
瑰丽的亮色动人心魄
昏沉的天空已如同白昼
啊！黄色月亮，天的巨眼！
你是上天给人间的奇迹
是失却希望的人的港湾
是干涸沙漠上的绿洲
是失爱的人寻觅的青鸟
没有你，玫瑰会黯然失色
大地将不再绿意盎然
远方的旅人也无以自处
望乡的异客吟不出离歌

你的光是甘泉的源头

把所有人的心灵抚慰

黄色月亮！世上的奇迹

你驱散了伤心和失落

你带来了甜蜜和爱情

你俯瞰着我们的家园

摇滚（ROCK AND ROLL）

我只有爱着你　　才能活下去

我从我的身体里　　听到一种声音

它在流淌　　总是与血液混合

分不清楚　　它使血液沸腾

无论白天还是黑夜　　它召唤我

也召唤你　　召唤所有身体里的摇滚（rock and roll）

头发遮住了脸庞　　可眼神坚定

就让我唱摇滚（rock and roll）　告诉全世界

什么是真正的爱　　关心人类的家园

认识战争与和平　　让人们都知道

有人需要粮食　　没人需要机枪

无论白天还是黑夜　　在没有人的广场

我相信只要唱起摇滚（rock and roll）　一个人

两个人　　越来越多的人　　会占据所有

空地

利刃刮破了衣裳　这才是真的
就让我流一点汗和血　告诉你真相
许多人的耳朵被蒙上了　他们听不见
必须提高音量　才能冲开障碍
不用虚伪的说教　没谁比你更高尚
这个世界长什么样　睁开你的眼睛分辨

真理与腐朽

真理不会为了证明啥
就开口说话
它只是用手撕开自己
露出片片血肉
和白得刺眼的骨头

腐朽从死人堆里爬起
它饿红了眼
所以它装得衣冠楚楚
拿着刀叉
想要吃真理的血肉

腐朽的 DNA 已经坏了

它只能去消化腐朽

真理对它如同毒药

真理的血肉与骨头

会加速它的死亡

再一次倒在荒芜的墓地

这次完结了

整个世界彻底清静

腐朽的身体

连同它的灵魂一起消亡

被大地吞噬

决裂

有什么不可以的　当我说着离开

说这话时　我的手指不经意地

交叠着　是时候想想我和你

我和你的那些　过去的曾经

正在发生的　让它们又去欺骗将来？

说着言不由衷？　的确是

没有任何事　值得我黯然神伤

曾经孤单的心　为何不能一直孤单？

在一个人心的空间　才找得到意义

此刻不是夏天　但空气已经发热
那么多的苍蝇　扰乱着宁静
垃圾在空中燃烧　毒素侵蚀了这里

清道夫不是我的命运　你的灵魂深处
烂泥堆砌得太多　决裂吧
这么说我总是很痛快　给彼此一个抉择
就是最好的选择　我的命运指引我
向心灵的风暴飞翔　永不停歇

我知道

其实　我不爱你
和你在一起　只是一个男人
和他的虚荣心　在暗地里狂欢
这不怪你　因为我不了解你
你美丽　光鲜的外表之下
有一颗怎样的心　并不重要
关键是　走在街上
我感受到　妒忌的火焰
还有敌意的面孔　这不重要
关键是　走在街上
你在享受它们　那些火焰和面孔
其实我也是　通过它们和你

得到了满足　至于我和你

不需要了解　彼此在想什么

我不会明白你

你不会明白我

我不爱你

你不爱我

如果你选择了黑暗

我有我的准则

我就是我的准则

要高高兴兴地活着

喜欢喜欢的人

厌恶厌恶的人

而且　我发誓

在上帝面前一律平等

做他的孩子

要坦荡　纯真

把心中的话儿告诉你

做错了事就低头忏悔

别成为一个傻瓜

整天张大了嘴巴

做着不着调的事

想想就让人发笑

别在脸上涂抹油彩

去扮小丑

更别做一个内心邪恶的小丑

你们明白

明日的天空会晴朗

在阳光下要暴露自己

但别在黑夜里躲藏

生命需要一点光

光明是留给追寻

光明的人们

如果你选择了黑暗

我等的人绝不是你

月亮和六便士

我没有这种资格和权力

去评判另一个人　因为

我只是我　别人的路我走不了

他所有的经历是他的

最后　随身体的泯灭而消散

天使与魔鬼都可以

翻开圣经布道

那怎能轻易地
让真与假　善与恶
进入耳朵

我只是我
在白天拾起地上的六便士
在晚上看着天上的月亮
这一切　不只是我的
也是你们的　生活

做一个庸碌的人
有点自我　就这么活着
过完一生　挺好
只是那颗虚荣的心总在膨胀
所以　你们虚伪地活着
每天为能够拾起
地上的六便士而沾沾自喜

天上的月亮　它太遥远
那是个几乎没有人去过的地方
也许没有那么明亮
也许是个凄凉的蛮荒之地
谁知道呢?

旧欢如梦

其实　我最恨的人是
自己　需要珍惜时
没有珍惜　所以
现在牵着你的手的人
不是我

想想过去
总是太自我　以为
爱　或不爱　由着自己
了结　现在的我
感觉阵阵　心痛
再次将手指指向　手心
划出的仍然是　你

天边那一抹残红　像血
耳边又传来那句
"他不珍惜就让他后悔"
是的　我在独自承受
任性带来的　痛与悔

往事不可再追
欢颜　只有在梦里
旧欢如梦　让雨滴尽情地笑我
我早已　失去了你

我们一定要

你掌握了一种　言语
指着鹿儿　说是马
他玩儿起了　行为艺术
不穿衣服　扮演皇帝
虽然你们的脸　真诚
还透露出来一点点　无辜
虽然　所有在阳光底下的事
都已经那么的　陈旧
可我还是　忍不住了
在边上大口地　呕吐
你们这些人　天生登对
你们在比　谁比谁低俗
在这里　我要宣告
如果你们　依然故我
无耻下流　小伙伴们
咱们就一刀两断　分手
别在一起　玩耍

这是一个　崭新的时代
不要随意抛弃　你的原则底线
我们一定要　讲那些
文明　讲那些
道德　讲那些
做人的　准则

存在

存在是一个问题
我　我们　我们人类
我们的血　肉　骨
作为完整的构架
支撑起了人的所有概念
先不说人的情感
那些喜　怒　哀　乐
古老的灵魂和精神
如果没有人的实体存在
那么人身上的所有依附
就不复存在　烟消云散
所以我们的躯体
是人的一切的总和
人的实质就是生存
活着就是意义
肉体存在故人类存在
你在　我在
他在而故他在

说存在这个词的
是我们　人类
理智与情感
和谐与冲突
是存在后面的特征

存在赋予我们的
并不需要去思辨
存在　总是我们人类的存在

一种生活

我向往这种生活
我和你
诗意地栖居在
一片蓝色的天空下
同时
我要成为他：
我所给予你的

是坚贞的没有偏见的
爱
无论你是谁
只是现在
还不能够

我是人
人的全部的历程
都融在血液里面
洪水与猛兽

屠杀与毁灭
无耻与背叛
就在昨日　也在今日
也许人的诞生
是神的意旨
在黑暗中总要
泯灭掉许多　生命

而光明
生命的力量
全是神迹
迈出脚步

是前进的轨迹
不要倒退
我就能够得到

燕子

我是有多久没有见过那燕子
多久没有听它们歌唱
不知道它们又在哪儿栖息
那里的人们是否在安静地聆听？

如果你们已经在别处安家
我就不会这么惆怅
只要你们还在　歌声就在
生命还在　希望就在

我的心随着远方的歌声而动
我是多么希望你能再飞回来
看看曾经的家园　深沉的夜
倚在窗外听着你的歌儿沉醉

我的生命不能没有诗与远方
你的生命也不能没有远方与歌声
所以有时候我想我是你
扇着你的翅膀寻觅风景

你的歌儿就是我的
上天选择了你　渺小的生命
你却用你的一生歌唱
歌声到达的地方就有生命

陪伴

一直在做这个梦
某个地方　有个

不一样的我
进行另一种人生

有一些重要的……
比如面包　水　空气
离得开么？
平淡的存在　习以为常

当作不存在　那么
如果没有面包　噢
没了水　断了空气
怎么办　还能活下去？

因每时每刻的陪伴
视而不见
因每时每刻的陪伴
弥足珍贵
留住它们　用一颗心
你和我　存在对于自己

是一种虚无

你和我　存在对于彼此
是水和空气
能离得开吗？

最真的陪伴　是简单的
平凡的　是它们
面包　水　空气

还有　你
一直在做这个梦
某个地方　有个
不一样的我
进行另一种人生

已经存在

一直在做这个梦
某个地方　有个
不一样的我
进行另一种人生

梦里的情景揭示
我还需要选择
使幻象成为可能
确实如此　当我们
一步一步在生活中沉沦
磨损了自己
如一台负重陈旧的机器

在重复中失去了生机
明日的世界
早已经在旧梦里陷落

或许不用多想
也不能怪谁
脚下的每一步
都是你我的路
不过在这之前　上天
安排好了一切

如果我反对所有的束缚
如果我打破所有的桎梏
梦　或者变成现实
另一种人生　另一种结果
梦的作用　是征兆
是启示　一切该发生的
已经存在

鸿雁在云鱼在水

过去

我弹着红色的吉他
独自祭奠那些特别的
曾经的笑脸
已经毁掉的岁月
只是眼里没有泪

我让雨水打湿我的脸
在迷蒙的南方地
天空下感怀
那些曾经新鲜的希望
沁人心脾的微风
只是眼里没有泪

我想我当初是
那么的疯狂
在午夜的街角迷醉
放浪形骸
有人看见我的笑容而欢欣
我的泪眼更让人
揪心

我想我做过
最狂野的事
就是赤裸裸地

向你展示我

精神的花园

你看见它的荒芜

所以你用你的方式

将它滋润

就这样

留下些欢乐

留下些伤悲

一些离愁

和许多回忆

苍蝇之歌

你是一只误入陌生房间的苍蝇

你与世界的距离只是一块玻璃

窗外的天空明亮干净令人神往

你将身躯一次次撞向透明的窗

遍体鳞伤也找不到往窗外的路

这个看得见风景的房间是陷阱

它荒诞

它与真理只隔着一扇窗

你悲哀

你与自由隔着一层玻璃

苍蝇们飞去飞来聚集越来越多
苍蝇们已注定逃不出这个监狱
在希望的尽头你们暴露了自己
你们被拍死在明净的玻璃窗上

飞吧飞吧我要飞
这个世界怎么样
我的目的是自由
飞吧飞吧我要飞
这个世界骗了我
我的目的是死亡

天边的云

天边的云飘在幽蓝的天空
仿佛昔日的风华已经燃尽
留下青灰色的余晖
随着黄昏一起沉沦

天边的云终于在深蓝的天空
落幕　几颗小星露出来
细微的光芒牵引着天河

半个月亮爬上来

我的身体在地上旋转
天河中的繁星流逝
我感觉脚尖离开了地面
所有的星光好似霓虹在闪

我的心在巨大的容器中
哭泣　这喜极而泣的眼泪
在向晚的苍穹之下我
发现　你就在那里

蓝色天空

蓝色天空有种魔力
让人痴迷，掏心诉说衷肠
天籁般的回声直达耳朵
它的回应是何等明净

眼睛映着一片蔚蓝
白云像兔儿一样嬉戏
蓝色天空宛如神明
空气被涤荡得散发清香

在蓝色天空下我知道
古老信仰又重开出新鲜花朵
我开始相信我从来不相信的
它无与伦比的激情将我围住

总以为人的内心是个宇宙
其实站在蓝色天空下才知道永恒
品尝过痛苦与欢乐以后
它的大爱无疆，慰藉着心窝

躺下来静静地注视着蓝色天空
白云像兔儿一样嬉戏
渐渐地飘向天边之外
悬在心中的挂念，远了，淡了
眼里映着一片深沉的蓝
时间正在看不见的地方，悄悄流走

喜马拉雅

喜马拉雅
生命之巅
我的梦里
这里有万年积雪
与雪同生的雪人

这里到处是白色的天光
将朝圣的躯壳染成白色

向上的每一步艰辛
向往的人正在用生命向上
去高处参悟一种超凡脱俗
站在世界之巅
俯瞰这个世界
真实与平凡之间
滋生坠落的冲动
向往的人蜕去了枷锁向下
在世间追寻一种逍遥自在
向下的每一步舒展

今夜
你在我的梦里
我从生活之所
一步一步
向你走来

抹茶蛋糕

你早已用你　绿色的嘴唇
一遍遍亲吻我的心

在开始之前

我闭上双眼

任由你用茶叶之泉　滋润

让我

行走在你　弥漫氤氲之气的小道

而你

宛如绿宝石的唇儿　张开

迎接我进入你　芬芳的通道

清新的茶香　让我陶醉

你

给予我　整个森林的湿润

萦绕在　心间的甜美

在你身体里面

我再次　闭上双眼

自由地飞翔

我的身躯

紧贴你　柔滑的肌肤

在幽深的　绿色尽头

到达新的春天

我

变成了　一粒种子

开始

生根发芽

黑巧克力的夜晚

窗外天色渐晚

黑暗已到来

桌上的盒子里

有许多黑色巧克力

在灯光的照射下

一粒粒熠熠生辉

像黑色的珍珠

与黑色天幕相对

黑巧克力与夜

如老朋友相逢

淡然，纯粹

空气已经温凉

失去了白日的骄躁

善解人意的微风

已经提前打开味蕾

舌尖在贪婪地捕捉

黑巧克力的夜晚

我张开了嘴巴

这种味道我熟悉

先甜

伴随着阵阵丝滑

清香，沁人心脾

后苦

深入舌根的厚重
如烟的焦糊，浓香
扩散至大脑
欲罢不能

我小心翼翼
用手指拈起一粒
身体前倾
将它送进嘴里
一会儿
你的笑脸出现了
到处都是你的模样
抹不去，的确是
先甜，后苦
苦中隐隐地
带着点甜
我
无可救药地
想着你

落日余晖

夕阳的余晖把白云装点一阵
行色匆匆就将天空让给黄昏

连接着远山的天际清明
微风在洗涤着尘埃

我站在高处旋转着脚尖
依次从不同方向眺望
目光朝向先辈的栖所
远方沉寂的土地下面
是他们最后的家园

旧日的足迹，生活的印痕
繁华过后，留下些许斑驳的回忆
已经不知道这片大地，祖先怎么耕耘
他们的血汗，和着泥土空气
他们的爱情，和着凄婉哀鸣
旧时庭院，那口老井映出谁的容颜？
月下城门，谁还在等着出征的归人？

数只麻雀叽叫着穿过楼间空隙
我站在钢筋水泥的高台之上
远处传来喜庆的舞乐声声
南方小镇，人们宁静，祥和
脚下地面之上，有些声音还回荡着
只是再也没人能听得见

拥有

我生存在时间里
我拥有时间中的存在
从白天到黑夜　所有的
空气将天空改变颜色
我　是个过客

现在　晚风轻渗
繁星的光芒如秋水
在眼波流转　绚丽多彩
我看见　你在亲吻它的色彩

我只看见　你的样子
我眼波流露的　是
你的投影　像星光
你和我　我们面对着
各自的夜晚　存在的感觉
刹那间　稍纵即逝

从黑夜到黑夜　周而复始
天空是我们的　背景
我们　走不进彼此的时间
一起存在　我

是个过客　我所拥有的
只能是时间中存在的此在

乌云

莫名的担心　怀疑
天上那片乌云是她的云朵
或者某种变化深入大脑

脑子里那片乌云不散
叶子都坠落成了乌云
这个房间是她的内部
他在里面坐着　表情单调

他站起来　试图走出去
她看得见他的不安
却无动于衷　他昏昏沉沉
他前面的阴影　是她的乌云

其实天是亮的　那些阴影
只是投影　其实天是蓝的
因为风　因为雨
或者　因为她　或者他

亲爱的　让我们
像出水的玫瑰花瓣
颜色鲜艳　清新　纯粹
她和他的世界本来明亮　自由

立秋的变奏

走在这条熟悉的街上
我处于自己意志的某种
延伸　我要知道一些
我的　你的
以及我们共同的答案
这些思想者　街边的灯柱
沉默着守护着将来
树木在静默中萧瑟
风　从夏日吹进了秋日

要有风　于是就有了风
天空彤云密布
她说我可以成为一滴
午夜白露　听寒蝉鸣泣
那么你是不是　那只午夜的蝉？

如果你有答案

我可以成为一种思想
成为流云　山雀　远山　大海
或者午夜的那滴
白露

如果你渴求生命的力量
你会发现　你和我
是这个完整概念的一部分
彼此相连　仿佛两片叶子

血脉随着生命之树扎根
在地球上面
今天　我们在
秋风中摇曳

在深蓝的天空下

我喜欢让夜的面纱轻抚
并不比从你的嘴唇
轻吐绵音得到更多

仿佛晶莹的葡萄和剔透的珍珠
用光的语言和透明的曲调
如淡蓝色轻烟般

飘在我的头顶上方

我在听　当淡蓝色的月亮
升起以前　当你的眼波
闪耀着群星光芒以前

当那只淡蓝色的青鸟踏着月光
离开枝头　轻盈的歌声
顺着花瓣滑落　夜空在沉寂中
闭上眼睛　我在听

我只听见你的声音
傻萌的人　嘴儿张开轻轻地
小心吐露　说天边的那颗
小星　越来越亮了

说淡蓝色的月光　在你的
怀里乱窜　说
我们的影子
一会儿长　一会儿短

时光（一）

现在街边的霓虹亮了

现在沉重而焦躁的
乌云和夕阳的残红
在天空溅起水花

现在飘扬着的裙裾
在空中迷离
仿佛五彩的玻璃
碎裂成彩虹

街道成了折叠的椅子
仿佛抹上唇膏的嘴唇
粗野地说着情话

眼睛的余光在探
灯光在脸孔和躯体中
面目全非　天空的
浪花成了迷雾　黑色
在延伸　清晰
而神秘
运动的力量使天空神奇
心灵在瞬间暴露自己

晚风把一点儿熟悉的气息
送进鼻孔　走在真实而陌生的
街道上　月亮在乌云中穿行
时而朦胧　时而清晰

一个奇怪的声音在耳边呢喃
都是你的　你的

也许是最好的时光
也许是最坏的时光

时光（二）

我从一种旖旎的时光里来
我在那里爱过恨过
我尽情体会一刹那的永恒
连着过去，现在和未来
也许命运就是一种时光

这张脸有些许皱纹
还有渴望，沧桑，无奈与茫然
这颗心依旧，在风中摇荡
冷冷的北风，让我知道
清晰的思维，不要再说出来
沉默是最好的药

关于爱情，理想与荣光
关于孤独，苟且与龌龊
再次抛开幻想

剩下的所有时光

除了你在那里

我只想体验

最清醒的真实

欢乐的时光，痛苦的时光

蜘蛛

流星划过苍穹　光在星系之间

冷却　思维不再流淌

禁锢在地球映像的

某处

正像是亿年前的蜘蛛

被琥珀包裹

它不为极短的时光挣扎

在琥珀里扭曲

展示凄怆的绝望

禁锢是永恒的宿命　没谁能逃离

正像是亿年前的蜘蛛

时间瞬间静默

当时间静默　生命刹那间

被定格在

某处

思想者

他在屋里沉默着　手掌捂着下巴
想着那些事　欢乐或者痛苦
然而这些不是目的　他活着
蜷缩在命运里　只是为了
让心灵知道一件它不知道的事

飘过来几片云　寂静无声
他抓不住它们　他愤怒
希望在心灵平静的湖面上
投入一颗小石头　让花儿开放
他在黑暗中呐喊　紧闭双唇

谁来回答？　他的头颅
成为山峰　云已经飘散
谁来回答？　由衷的笑
脆弱的哭泣　没有！

"轰"！那只黑猫
蹿出　将瓶子
打翻　幽绿的双瞳
望向他

另类罗曼司

头上的骄阳如火车轰鸣
到处燃起烈焰　浓云滚滚
寻觅不到宁静　除了想起你
衬衣湿了　肌肤已经疲倦
解开纽扣　让微风吻去汗水

玫瑰花已经凋零　花瓣儿
锈迹斑斑　仿佛诉说着不甘
死亡以前它没有见证过爱情　无聊
盲目　过着无用的生活

再没有选择　我只有
将这支枯萎的花朵　凋零的玫瑰
递到你的手心　头顶上骄阳似火
今天　不要拒绝这颗虔诚的心
明天　你要亲手把它埋葬

我的天空

登上高楼
傍晚天空明净的气息
把我满身的尘色浸润

清澈的理想扬起双翅
我拒绝虚荣的骄傲
对"权势"只报以轻蔑的冷笑
我就是"媚骨"最头疼的对手

且听微风带来松涛澎湃之声
看夕阳最后一瞥装点一抹红
让我张开双臂拥抱你吧
而白昼的喧嚣就此消隐
不留下一丝痕迹

我愿成为轻盈飞翔的鸟儿
在你的怀抱中自由地翱翔
我不愿做那断了线的风筝
随波逐流被离了最初的心

八月的帕斯捷尔纳克

当纸钱已燃尽
散发出最后一缕轻烟
天色已近黄昏
身体在闷热的空气中
感受一丝凉意
一种哀伤的气息袭来

帕斯捷尔纳克

你站在巷子的那一端

胡子粘着雪渣

穿着冬日的陈旧外衣

你的眼神忧郁

我读出了遥远的往昔

你的面容沉静

历经世间沧桑的磨砺

你的孤独痛苦

阐释了人类爱的历程

你的人生悲怆

深沉的曲调使人动容

你让人们觉醒：

"是啥毁了我们的幸福?！"

大爱没有疆界

你的苦难也属于我们

今天薄酒一杯

七月十四烧纸祀先祖

帕斯捷尔纳克

你早已经进入了天堂

你挺直的身躯

在黄昏的暮色里隐没

中国南方小镇

我与母亲在缅怀先人

心里轻声呢喃

为美好的家园而哭泣

逆光的鸟儿

城市上空有只鸟儿逆光飞翔
地上的人们迎着光亮行走着
形单影只的身影像叶子掠过
挡住了光线的身体越来越远
太阳是它身后最明亮的风景
所有的光都编织成它的翅膀
逆光飞翔的身姿凝练成黑色
它的执着与理想化作了质感
我向往这只自由飞翔的鸟儿
它的身躯仿佛成为活的塑像
无论破晓黎明还是泣血黄昏
光辉的轮廓勾勒出生命荣光
你地上的影是我永远的足迹
我也在风雨兼程把太阳追赶

相忘

宁静的夜晚飘过些前尘往事
似曾相识的旋律追忆旧时光
忧伤和迷茫泛起心中的涟漪
昨日年少的情怀依稀有泪花
心中纵有千言万语也已无言

脸上的泪水诠释逝去的日子
深沉的夜晚我轻声自言自语
有多少的爱还可以重新开始
有多少的人还能够再次等待
隐去了的月光留下许多话儿
曾经的华年乘载鲜花和荆棘
信仰早已留给了昨日的天空
今夜我的声音没人再来呼应

一双眼睛

这里　白昼远了
这里　有星星　月亮
孤单　思念

梨涡般的　浅笑
消失不见
喧嚣　挥手告别
由宁静替代
打开窗户
涌来　沉沉的黑暗
听　树梢上鸟鸣
看　夜空萤火虫儿　在追

此刻
你　在世界的另一半
早已经
睡去
别忘了　你的天空
有深紫色的　花瓣儿
还有　一双眼睛

流光容易把人抛

秋风

我向着山上迈步
从水泥的路面　碎石小径
到山丘的泥土芬芳气息
扑面

从闷热的空气
汗水使衣衫和皮肤
黏成一片
到湿润的树林
一缕秋风　徐徐而至
身体和汗水一起轻轻地
颤抖

我拾级而上
踩着枯草　落叶
目的是最高的山顶
你不在我的视线
我要到遮不住的
地方
望向你的方向
将旧时光留在身后
季节交替
我的思念却
不会枯萎

你不在我的眼里
你在我的心里

一天之远

在一天之内　你会经历许多
走在阳光下　兴高采烈
由衷地赞美　路边的小草
为生命的奇迹　而感动
但这不是全部
一天之内　总有许多
苍白的时刻　像黑暗降临
像侵蚀你内心的乌云
挥之不去

你总是遇到一些　无用之人
向你展示　隐晦的独白
诡异　扭曲
带着无望
嘴巴在无耻地　跳舞
他们给你最坏的　结果
将内心的力量
——消解

这些苍白的时刻
就这样如影随形
直到黑暗彻底
吞噬一切　包括他们自己
这样的时刻
还能说些什么？
还要做些什么？
经历过一天之累
早已经疲惫　麻木
只有在梦里　再一次
为了生命的奇迹而
感动

世上的好人儿

你的眼睛一直在
寻寻觅觅　这世上
唯一的好人儿
茫茫人海　弱水千千万
我也　只取一瓢饮

也许　我是那个你
这一世的　归处
看见你的　柔情似水

眼波流转　杨柳依依
才发觉　我就是那个你
望穿秋水的　归人

我们　和他们　不同
你的我　我的你
世上的好人儿　在心里
你的眼睛总是流着　为我
思念的泪水　我的心间总是填满
为你　牵挂的忧伤

我们　没有距离
世上的好人儿　对天籁
最亮的星　订下盟誓
世间事　情为何物？
在世间　真爱无悔！

中国梦——我的愿望

一

谁不希望祖国富强呢？
昔日荣辱沧桑
鸦片战争的浓烟滚滚
列强环伺中国

颓丧纨绔的八旗子弟
枪炮锈迹斑斑
旧日老大帝国的荣光
已被践踏脚下
多少仁人志士用双手
找寻救国良方
谁甘愿做一个奴隶呢？
四万万滴热血
前赴后继的无畏牺牲
铸就中华之魂
那个陈旧的中国老去
新的中国诞生
撕碎东亚病夫的耻辱
围成血肉长城
谁敢踏入我国土半步
鸡鸣狗盗之徒？
中华民族在危急时刻
儿女挺身而立
所有的人们团结一心
枪口对准敌人
胆敢闯进中国来撒野
让他尸横遍野

二

五星红旗迎着风招展

眼眶溢满泪水
中华民族从此站起来
五十六朵花儿绽放
父辈为了祖国的荣耀
忘我奉献自己
一代代人筑就中国梦
将身置之度外
去往国家需要的地方
挥洒青春热血
当戈壁滩上栽满绿树
荒地成为粮仓
大庆油田上钻探出油
万吨游轮下水
蘑菇云在沙漠上升起
卫星飞入天空
耳边响起伟人的话语
中国站起来了
经历千锤百炼的磨砺
拥有钢铁意志
经受百炼成钢的洗礼
早已百折不回
纵然是血肉之躯老去
依旧不忘初心
这是亲爱的父老乡亲
我的兄弟姐妹
这是中华民族的脊梁

中国人的骄傲

三

祖国正迈向繁荣富强
　　一片生机盎然
前进的途中铺满鲜花
　　也有荆棘弯路
探寻真理的路还漫长
　　国人上下求索
守护和平年代的信念
　　经受时代考验
有人历经了战火纷飞
　　没有退缩半步
却经不起利益的考验
　　冲破法律底线
权位成为贪腐的资本
　　践踏法律尊严
人民公仆成为阶下囚
　　锒铛入狱忏悔
新的中国需弘扬正气
　　勿因善小不为
每个人遵守社会制度
　　勿因恶小为之
建设人类和谐的家园
　　需要人人参与

四

这是一个美好的时代
人们独立自主
只要为了理想去坚守
天道总会酬勤

这是一个迷惘的时代
价值呈现多元
信息高速路太多真理
都市霓虹绚烂

人在工业都市里迷醉
美梦无处寻踪
理想少年丧失了理想
空叹青春年华

人生里总有悲欢离合
莫叹息空悲切
天生我材总必尽其用
别哭发已渐白

告别那些虚荣的骄傲
回到内心世界
仰望天空树立新希望
为它风雨兼程

一步步迈向理想彼岸
不愿虚度光阴
和谐人生充满着阳光
理性伴随一生

让祖国成为最美栖所
人人诗意栖居

月夜

今晚的月光有点朦胧
路面变得有些柔软
今晚的世界开始恍惚
仿佛喝了许多烈酒
头上冒出一缕轻烟
多么自由　多么惬意
灵魂在月下成了流云
轻轻地　变幻形态
不要束缚　飘来飘去
精神是个极乐世界
在里面听花开的声音
看你露出笑容
当月光穿过透明的心
它的影子里有你的样子
把它投射在所有空间里
让它飘荡　无处安放
让它消隐　在月亮之下
让它等待着那朵花儿
绽放

过去理想谁再讲多一次

再次站在这里让晚风轻拂着我
张开双眼细细地寻觅那颗碎星
遥远的远方依然呈现孤单身影
城市外面的幻象早已暗淡无光
城市里面的霓虹永远炫彩缤纷
如梦的往事忘情在斑驳的时光
心底里的创伤沉封于麻木萧条
曾经悦耳动听的音调渐渐消弭
脑中还是你那旧日不变的模样
我这颗心在黄昏的微风中摇曳
天边的星是那么明亮恰似当时
只是我们的流年总在造化弄人
谁也不能逃避他这一生的际遇
我在倾听这里所有传来的声音
那些过去理想谁能再讲多一次

面对

我依然就站在这黑夜尽头
张开双臂去拥抱黑色天幕
总有颗亮星划过世界之巅
让我黑色眼眸燃一点火光

别说过去的往事涌上心间
就算昨天的一切可以重来
怕失去伸出双手不可挽留
我想我还是保持原来模样
心底里的黑暗是我的原罪
为何还要让自己相信谎言
相互在对方心里留下伤痛
就让懦弱在黎明之前死去
不再把歉疚忏悔默默掩饰
卸下面具重新来面对自己

月黑风高

做过的事已经通过懊悔来折磨
狂风重新又将心中的恐惧揭开
所有的话语在这一刻苍白无力
眼前的黑暗让人无法睁开眼睛
月黑风高的夜晚只剩我和黑夜
或许前面的路上英雄注定落寞
那么我的每一步都是一个起点
每个起点必然印证昨天与往事
我知道我将要误入下一个歧途
依然是从倒下的地方再次挺立
月黑风高的夜晚还有我和黑夜

狂风把心中恐惧吹得无影无踪
无声的救赎消散了所有的痛苦
月黑风高之夜我再次面对自己

救赎

这是一个温柔的陷阱困着你我
我们各自用力挣扎却徒劳无功
难以自拔的越陷越深在泥沼里
有人被吞噬却没人伸手去救援
只是希望踩着别人的身体逃离
用自欺欺人的借口编织起谎言
在危险前面我们尽情展示懦弱
或许在这个泥沼里已待得太久
早已经渐渐麻木习惯等待毁灭
或许喜欢上了它的阴暗和肮脏
想不起当初是怎样踏入陷阱中
其实这里曾是一片坚实的净土
良知的泯灭使它成了黑暗之地
在污泥把眼睛淹没以前忏悔吧！
没退路直面你我内心的罪恶吧！
试着伸出双手给彼此一个交代
你的救赎也是他们的，我们的！

明天

我希望自己成为一匹奔腾的马儿
在辽阔的原野上让身体腾空撒野
我要让你和我一样向往自由自在
用脚步牵引着身躯漫无目的驰骋
我发现还必须将这一切重新整理
才可以进入挥洒生命热血的明天
不要把昨日的不安写在今天脸上
不要再耿耿于怀于那些前尘往事
我们放下吧别去计较让往事随风
从今天起就干净利落不拖泥带水
所有的恐惧和愧疚都已不复存在
有些事哪怕徒劳无功也坚持到底
我们无怨无悔在我们共同的明天
我们会用深情的眼眸注视着彼此

另一个场景

我很想脱去这身衣服
摘下身上关于身份的
标签　最想抛弃的
当然是　心灵的枷锁

就这样　向你展示最本原的
本质　偶然暴露动物性情
是可以的　比现在好
我说的每一句　不是呈堂证供
你也不会　对我敞开心扉

我们孤独　我们在幻想
另一个场景　在那里
有鲜花　温馨的烛光　还有
彼此　真诚的笑脸　现在
孤独的人　注定一直孤独

不要责怪谁　这是现在这个时代的生活
这片土地上　我们一起
去爱　去恨　去挥洒热情和冷漠
都很短暂
昨天还朗朗上口　今天
一句也唱不出来了

在另一个场景　我们
一辈子　相濡以沫
在这里　我们
第二天　相忘于江湖

予你

我喜欢在拥挤的人潮里找寻你
我的眼光多么想给你一种温柔
请你这时回头将眼眸轻轻一瞥
让我的柔情无保留的与你交织
我情愿就这样在人海里追寻你
请你静静地倾听我说的每一句
让我的祝愿顺利直达你的耳朵
我的担心和牵挂只需要你知道
至于身边的人们就不用再去问
在这个世界我不只是一个过客
行色匆匆的每一步都在靠近你
哪怕交叠以后彼此又天各一方
将来某一天我和你重逢在人海
我想我的眼睛还是这样看着你

面对

谁还愿意再痴狂地等待一个梦
当爱和恨都早已经成为往事时
谁还会把曾经的真藏在内心里
当所有的柔情都那么容易老去
在寒流袭来的夜晚我无法睡去

过去的声音又回来萦绕在耳边
而你却不能伪造那曾经的笑容
其实历经了多少风雨谁没在变
有些话只能在夜里说给自己听
缘分如同天边的流云随风而逝
也许只有在梦里才能再次相会
心在尘世中漂泊需要一个港湾
而我却一直在不断奢望与期盼
当面对了所有原罪后拥你入怀

黑夜里

准备好以前再次回忆一下从前
那是一种痛将你的模样淡忘掉
爱情这个花园总孕育孤独灵魂
黑夜里流连在灯火辉煌的街上
匆忙的脚步只想去追寻一点爱
空虚的狂欢掩饰不了心中的伤
在为你流最后一滴泪以后回头
麻木了的情感埋葬掉海誓山盟
早应该明白美丽的邂逅是路过
我们在彼此的梦幻里渐行渐远
也许忘却才是成就了一种永恒
最深的爱恋就是从此不再打扰

繁华若梦的往事都已经成了空
行色匆匆却再也带不走一些爱

晚风吹

晚风轻轻地将叶子吹上了天空
丝丝寒意也在缓缓掠过我的脸
季节轮回不知不觉改变着心情
逝去日子的悲欢都飘落在身后
迷蒙的夜色让我忘了那些缤纷
没有颜色的风一直在胡乱地吹
冰冷钻入身躯来寻觅一片温暖
飒飒的冷风留不下曾经的美梦
柔情和蜜意已被它吹到了天边
我却还在枯树下守着无言的真
就让微风变成狂风再猛烈地吹
听风的呜咽让缘分在尘世飘零
用眼泪洗去脸庞上扑面的风沙
可知我在大风中守护我们的真

迷蒙

今夜就将往事消隐在黑色梦里
如果有人来问我也不会再说话
冰冷的夜风早已经把眼泪吹干
无论爱与恨都留在心中自己尝
莫问沧桑别问前程道一声珍重
哪管它路上是风是雨默默前行
时光匆匆使脸上渐渐生出倦容
朦胧的夜色里淡忘了你的样子
还有谁能记起那最初的风掠过
摇曳的心唤不回那些纯真笑容
当时的双眼脉脉没有想过会变
若再相见彼此叹息人生恍似梦
岁月带走了多少的恩怨和情仇
被夜风吹干的泪眼却开始迷蒙

重聚

我不想放弃
并不是还有谁让我
有留下来的勇气
找一个理由
我只想说对不起

我不是你想的那样
其实我们都
如此热爱生活
找一个理由去逃避
也许是为了
下一个路口相逢
不是他们想的那样
不知所措的
是处在这样的时代
找不到一个缘由
你昏天黑地
不知道为了谁忙碌
慌乱从心中滋生
逝去的日子
我们承诺永远坚持
回忆在梦里呈现
美好的场景
激起心里的勇气
又让我变得更坚强
去拨开云雾
让我经历这一切
那天我们会重聚

不朽

心里总有某一种东西在呼唤
如同在夜色沉寂的时候
听见钟表微弱的滴答声
如果你真的在意
那么它是一定存在的

从你的身体里伸出触角
接收外面的味道
触摸世界的表象
学着分辨身体周围
别让感觉受到想象的牵引
不存在的可触摸不到

有些不真实的幻象
活在人们的幻想里
通过语言使你迷惘
似是而非的思绪
以为探寻到了边界
谁能来回答？

天空飘着乌云和真理
后来天空与真理永存
耳边的那些声音终将消散
而你在夜里只听到心的声音

不朽总在寂静时把你包围
不朽总在前面某处挺立着
不朽总在你人生的起点和终点
不朽总在泪水涟涟时喃喃细语

对月

属于我们的美好时光短暂得
来不及体会就已忘却了滋味
我曾祈求上苍把逝去的岁月
再一次还给我慢慢地去品味
我发现回忆是我的幸福源泉
当大风又吹起黄沙漫天飞扬
我想让灵魂也离开身体飘荡
在日落以前看着夕阳的余晖
从心间涌起丝丝莫名地感动
突然泪水就打湿了这双眼睛
是你在那里呼唤着我的名字
今后日子我将用追忆来憧憬
一轮明月孤悬天际辉映长空
你我在彼岸上对月长情告白

再次遇见

昨天我做了一个很美的梦
我循着旧时光的斑驳痕迹
又回到了从前鲜花盛开处
时间在斗转星移中转换着
映入眼帘的是条幽深小路
微风摇曳着花儿轻轻低诉
想起有张脸儿在百花深处
第一个足印踏上那条小路
招一招手我们竟彼此交错
昨天我是真的再一次路过
望眼欲穿地看着小径深处
多少年前的面容笑靥如花
依稀的泪水儿溅起了尘土
无痕的美好时光不能留住

路过你的家乡

这时的温度刚好让人觉得舒服
夕照下天光如同一泓碧蓝水波
列车沿着路面划出南下的曲线
广袤无垠的土地溪流星罗棋布
透过车窗我看着路边的电线杆

它们唤起的记忆霎时涌上心间
是的多年以后我路过你的家乡
微凉的晚风掠过田野直达毛孔
你的气息侵袭着我的所有感官
回忆的通道对接着如花的时光
滑落了青春后留下迷醉的沧桑
内心的渴望像逝去的爱要弥补
消散的情感把心里的烙印消隐
对着窗默默呼唤着我渐行渐远

南方公园（一）

从没有感觉到天空离我那么近
苍黄的月亮大得占据了两只眼
你在山的另一边已然沉沉睡去
留着我在南方夜空下独自沉静
淡淡的清雾似网织起了点忧愁
夜色把你，我和他们包裹在怀里
仿佛在另一个时空我看着原野
流水辉映着月光载着忧伤流逝
而你却在梦中找寻幸福的天堂
广袤的原野用深沉的瞳凝视我
思念着谁用月光的清辉去追忆
无情的夜风催冷了温馨的愿望

是谁曾经在南方的夜空下摇曳

任凭月光把一缕缕的清梦收割

南方公园（二）

我总向往着过这种宁静的生活

在南方的苍穹下看远处的夕阳

这双脚不用去哪心的天空永驻

纵然有一点迷蒙也随夜色消融

我愿意在南方的原野度过一生

夜里看不清自己却听见你的歌

胸中寂静之花需要多情的声调

无言的伤悲也冲不开我的向往

在同一片星空下就是梦的天堂

我的心花在静谧的黑夜里怒放

在每个冰冷时刻点燃全部浓情

悄无声息地潜入所有时间滋润

我迷离的双眼总看见你的身影

那盏明灯依旧照亮着最初的心

平沙落雁

一阵晚风轻轻吹散了指间沙
抓不住的还有昨日的喜和忧
是否有伤心与失落如沙在飞
这片天依旧空阔幽深和辽远
下面的地上我们平凡的生长
有双翅膀承载谁的思想飘零？
几许秋月春花又到雁南飞时
清风朗月之下谁的白衣胜雪？
沙哑嘶鸣呼唤不回剑胆琴心
指间的细沙飞扬染黄了孤月
纷飞的大雁儿哪堪太多伤悲
沉重的身躯已载不动一颗沙
鸿鹄之志托付给了那双翅膀
闭上眼睛看着它向天外飘远

未来

张开双臂我能够去拥抱什么呢
你穿着一身新的戏装长袖善舞
这个舞台将在明天塌陷于身后
你的身体被不是你的物质包围
你的思想被侵蚀你的魂灵裹挟

这个世界不再对我们敞开心扉
只有苍凉之境传出的沙哑声音
是号角吹响预示着物质的灭亡
你晓得我的心里总有那个地方
趁没有老去前再寻觅时光缝隙
在物的世界末日来临以前创造
愿毁灭以后身体里的微粒重构
当我再次张开双臂的那个时候
是否有另一些东西进入了身躯

寻音

我在这片绿地上如雕像般立着
我的耳朵正在倾听所有的声音
旁边的泉水正欢快地扑向土地
金色的阳光将空气轻轻地舒展
头顶上方流云亦随着清风飘远
忙碌的人们总在路上熙熙攘攘
他们的余光匆匆扫过我的脸庞
我的目光却看见爱恨情仇上演
我想不必以爱之名而愁城作困
也不要惊扰平静或不安的灵魂
时事沧桑世事变迁又朝云暮雨
当所有的脚步在路上各行其是

我如坚硬的雕像面对雪雨风霜
我交出血与肉如沐春风和杨柳
我在倾听繁花落尽之后的宁静
我在倾听藏在喧嚣下面的衷肠

人民路 42 号

我独自走在人民路上
慵懒的阳光照亮了坚硬的路面
暖熏的微风轻抚着我苍白的脸
有一种痛苦的宁静萦绕在身旁

我独自走在人民路上
今天这个时候你们心情还不错吧？
又有多少人走在属于他们的路上
也许另一片天空却是正在下着雨？

多希望转过街角就遇见你
可我知这是一个美丽幻想
在这个陌生的地方想喃喃自语
却发现有一种东西堵在了胸口

这条路的尽头是我的目的
每一步却绵软而没有力气

我在正午的阳光下发着白日梦
身体越来越近了心却渐渐飘远

我独自走在人民路上
虽然今天艳阳高照
却没有我的好心情

宿命

没人知道这个时代
怎么样
我们的功课是
为了一日三餐劳累
那些徒劳的忙碌
无谓的盲目
虚假的情感
以及外漏的情绪
最后随夜色一起
不知所终
咱们是这水里的鱼
永远不会了解
激流它来自何方
从不明白
暗流汹涌的意义

身在其中却生出太多
惆怅与遗憾
我注定要错过那场
如约而至的花事
咱们的宿命
当这里干涸以后
在身体被风干以前
终于看清了
天空的颜色

太晚
另一个时代正在
拉开了大幕
它不属于你我

五月之夜

烟雨凄迷的天空
看不见远方
埋藏在心的思念
找不到路口
我对我自己说
不用想太多
再美的天光也是幻梦

从前的愤世嫉俗

怎样才算对

现在依然没有头绪

要怎么做

你说你看见衰老

应该庆幸没有死亡

你说时间是良药

应该庆幸没有冲动

我心底里还有梦

等到见到你的时候

再说出来

只是在漫长的等待后

它也许就融化在心里

我期待见到你

我害怕见到你

流年

我夜里就在这堇色残年里流连

你的模样在黑暗中装点我的梦

我还是喜欢一个人在那儿逗留

时光中的脚步将身体慢慢牵引

我的眼神无力去看路上的风景

晚风扬起黄沙扑面带来点凉意

感觉风尘已渐次雕琢着我的脸
我是个不停地跋涉在路上的人
每次转身后都不经意地流下泪
不羁的心却难以忘记你的容颜
流年如花的往事总多情且哀伤
曾经的过往在心间酿成了追忆
想要让风沙吹散掉所有的伤悲
当花落了以后还留下萧瑟身影

爱

纵然是黑夜蒙蔽了眼睛
我依然要毫不犹豫地
把那个字说出来
是的　是的　我
爱　我的生命就是
为了它而生
纵然是所有人都转身离去
我依然会独自坚守着
将它默默呵护
等待　等待　我们的
爱　熊熊烈火
为它而燃烧
很简单　放松握紧的手

让久违的笑

从心底里溢出来

翻过高山　原野

穿过喧嚣　孤独

我们必须不断地去

寻觅　爱

我和你

我们和你们

还有他们

爱

有如一股沁人心脾的微风

轻轻地抚摸着

每个人的脸孔

今天（一）

今天
我穿过风中的
飘落的
细雨
就如同去年的
今天
所有一往无前
只为寻觅

无踪的美梦
没有你的日子
我依然在
老地方
一往情深
脸庞上的细雨
滴落的声音
把绵软的
心情
绷得笔直
如同一根带着
触角的线
像我一样
它穿过风中
飘落的
细雨
只有我知道
它将去往何处
可我不知道
它是否回来
如果有再见的
那天
是否天空中
还有
飘落的
细雨？

今天（二）

今天，我的国家弥漫着
节日的气息
谁都知道，我的国家很大
可以说是物华天宝，可以说人杰地灵
但是也曾经佝偻着身体，在历史的天空
流下屈辱的泪水
如今这些创伤还会隐隐地
于黑暗处发着血色的光芒
犹如强健的巨人，身上残留着
儿时的伤痕

我很少说起我的国家，有时候甚至
忘了她，是的，她不完美
我只是每天在她的怀里
生活，生活着
做着我的工作
我只是遵守与您的契约
我的祖国
这一切都是在您的怀抱里

今天，祖国到处弥漫着
节日的气息
阴霾已经散开，天空澄蓝
看不见了屈辱与哀伤

到处是拥挤的人群
再一次听见
"东方红，太阳升
中国出了个毛泽东——"
再一次听见那个伟人的声音
"中华人民共和国——今天
成立了！"

安息

就在今夜静悄悄地安息
将身体掩埋在黑暗中
只有远离了光明
才能无限接近你
黑夜是大地的天幕
把喜怒哀乐与喧嚣
掩藏在它的黑色口袋
且让我以纯粹的思绪
轻轻地将你唤醒
在昨日　今日　明日
你的身影无声无息
充满着我所有夜晚

今夜静悄悄的如梦

让灵魂飞翔在黑暗中

把白天的门关上

面对真实自我

人是夜空中的星星

彼此把心事呈现

在这个夜晚

我看不到你

却一直在感受着你

梦游

苏醒了的晚风正在飒飒地掠过

天空的流云为月亮掩上一层纱

我的这双脚踩着屋檐向上飞奔

闭上眼睛也能感觉下面的深渊

遵从心中的呼唤可以凌波微步

轻盈的身躯在黑夜里远离家园

孤独的心弦弹奏着别样的伤悲

用迅疾的翱翔抛开黑暗的沉重

每个人其实都可以自由地飞翔

可以追逐头上那颗明亮的小星

可以俯下身子亲吻残缺的世界

可以冲开沉睡大地所有的窗户

可以在黎明到来以前擦干眼泪

我牵着山　水　房屋　月亮来到你身边

午夜

整晚我都在
夜之黑色裙裾下
进行着
形而上的
思考
月亮
在星河中脱衣
黑暗里散发
光芒
带来
杂乱无章的
思绪

一会儿云朵
变成羊
现在又
变成你
而我
刚才是
牧羊人
现在
变成一双眼睛
不敢眨眼
怕你

变成了
别的

相见恨晚

一天一天地不停息迈着的脚步
我以为自己已经走得足够远了
却发现每一步都踩着你的世界
看着那些渐渐远去飘飞的日子
即使心中依旧停驻着一个幻梦
我却不能够转过身来回头看你
黑暗来临的时候那盏灯还亮着
强劲的晚风吹来了强劲的伤悲
我像你一样静静地立在这地上
感受着所有扑面而来的伤与痛
且让星光把时空一片片地割裂
让我们在各自的空间里继续着
平行的宇宙演绎出无数种可能
在那里希望的事早已经都实现

聊

来吧我们
来聊一聊
天气和心情
别这样
不要无言以对
猜猜
静息的夜空在想啥
它为何
像街角小店那个
哭泣的女人
不停地流泪？
态度要诚恳
有啥就说啥
这种陈述是可以
消耗能量
也能在一瞬间
使精神焕发
甚至分裂
昨天电视剧的主角
是否活着
也许我们有了共同的
话题
这个时候
你正在关心的是

脸上那个泡
或者别的什么
可是你说
对呀，应该这样
哪样？其实我
也不知道
打发时间
也许发生点儿啥事
谁又能知道呢
聊吧
让我们来
聊一聊
聊聊天气
或者心情

在离开以前

想要说些什么却感觉说不出来
就把从前的日子穿成一串项链
挂在胸口让它紧紧地贴着肌肤
你笑的模样曾照亮了我的天空
昨天的迷醉和今天的彷徨交织
让曾经的爱意陪伴我们的明天
纵然是凛冽的冷风吹进了心窝

再端起一杯烈酒将它浇进心头
纵然是曾经握在一起的手分开
转过身去让眼泪默默地流下来
不要轻许爱的承诺笑看花儿落
期盼爱的这双眼别再受到伤害
这个世间总有温馨的爱可寻觅
在离开以前让我轻轻地看着你

憧憬

人在世间漂泊如浮萍无根飘荡
让一点爱将匆匆的步履留下来
低声诉衷情向远方盼你可听见
冲开千山和万水让真情永留驻
只愿把滴落的汗水给花儿浇灌
期盼某天爱的玫瑰静悄悄绽放
夜空中划过我们不一样的烟火
将今生的夙愿放飞在天空流浪
寻觅爱的足迹我如蝴蝶般迷醉
请让我在你的美梦里徘徊一次
美好的情愫酝酿成秋日的憧憬
迷离的双眼望穿了秋水与沧桑
在梦中有你有我还有依稀泪光
留一片真心约定他朝必再相逢

喃喃自语

我用时间的双手来轻轻地抚摸
双脚所走过的足迹和你的脸庞
我在时间的褶皱里撕开了缺口
让忧伤的阴影从那里悄悄溜走
我的快乐在阳光下熠熠生辉着
它们汇成的河流都向着你而流
在启程的时候微风让我也颤抖
我只想在每个时刻都望眼欲穿
你在你的时间里陶醉不再返回
我在我的时间地某处依旧等待
没有伤悲只有一片冷漠的荒芜
没有思绪只有闪过大脑的白光
我在我的时间里开始喃喃自语
我试着用你的声音来描述自己

这个秋天

我
为每一天而高兴
看喧嚣过后
留下的宁静
看每一片叶

飘落下的一生
看飞花秋月
看你的面容呈现
一丝丝沧桑
我渴望我们
相互给予
即使我除了身体
一无所有
我的眼睛是水波
映着星辰
和你的脸庞
我的语言是甘露
赞美土地
和你的灵魂

他们

他们是谁，这不重要
每个人，都在自己的路上
只是为了生活，在各自挣扎
如果尘终归于尘，土终归于土
生命告别了这个时空
让它在下一个地方，永远安息

我不知道他们，只听见一些哀伤
所有人，重要和不重要的
终将逝去，他们的一生
都一样的，充满欢乐与痛苦
我有一个愿望，让伤悲离开
在那里，没有痛苦

我没有见过他们，不想再听见
怎么活着，又怎么死去
如果说奇迹，他们就是
爱过、恨过、失去过、拥有过
当一切都成为过眼云烟时
身体里面的所有原子，还在！

人，必须诗意地栖居

如果人只是将心智
消磨于日常的操劳，那么
他就会，经常感觉到疲累
人生，渐渐失去了方向
一个人，还能不能够
在晴朗的白日，看看天空
或者，在夜阑人静的时候
独自一人，面对着璀璨天际

轻轻地和星星说话？

人，必须回到内心深处，自问
难道我这辈子就只剩下劳碌
虚伪、龌龊和欲望？
不，应该让鲜花、月亮和
所爱的人温馨的眼光来替代
胸膛里依旧跳动着一颗
炽热的心

谁不愿意体会纯真和爱？
谁不想让良善永远相伴？
人，必须要诗意地
栖居于这块大地之上！

贪看飞花忘却愁

晚安

如果一颗心还没有沉沉睡去
眼眸在黑暗里凝聚一点光亮
也许现在就道声晚安还太早
还得肃穆地将心事仔细装点
伴随着月光把思念包裹起来
夜晚的空气中含有慢性毒药
薄薄的青雾让冬夜变得更美
可是却没能消融掉你的模样
中了毒的身躯无力地躺下来
明艳的星光灿烂宛若你的眸
寂静的大地让幸福沉默地笑
毒性发作时就进入一个梦里
由那个身影引领着身体游荡
天亮以前请让我把美梦做完

已经是冬季

一阵北风掠过，没有繁花
漫天飞舞，我一点儿也不懂
光秃秃的枝头前面，还有啥
正在诞生？冬季人们的腿僵硬
面孔僵直，沉默的嘴

在发出声音前已经消失

我一点儿也不懂，随风摇曳的树枝

是在召唤绿叶吗？

天空蓝得让眼睛沮丧，了无生机的大地

把记忆全部撕裂，北风吹响了口哨，唤起空气中弥漫的忧伤

我一点儿也不懂，失落的心

在失望的海洋里，还能煎熬多久？

已经是冬季了，对着影子

我该许个什么愿望？

打量

我打量着镜子，目光

从镜面滑落，如同揭开了

神秘面纱，从头发到脚趾

失落于流逝的一切，脑中

残留着消失的长发，仿佛

虚构在镜面的永恒，意淫

支撑起莫名的冲动

我用手梳理着头发，镜子

用它的时间编织一种场景

里面真实，外面空虚？

我，听见里面传出的声音

是，或不是，我

在镜子里面，我，打量着我
目光从头发到脚趾

一生

最初的明净双眼，也曾经
仰望着高天，风起云涌之际
夕阳如车轮滚滚，在天边，西下
落下又升起，在时空的某处
婆娑的泪眼，痛哭着昨日那
已经逝去的好时光

想要的，得到，轮回催人老
不想要的，也得到，皱纹写在脸上
得不到的，将得不到，只此一生匆匆
还有谁在孤寂中等待，生命的花儿
静悄悄地，绽放？

当把眼泪流干，当重新看着它
已老已丑的脸庞
谁能，将已经得到的，抛弃？
谁还能够，让生命如高天的太阳
燃烧着西下，没有恐惧
在明天早晨升起来？

我好朋友的婚礼

转眼间你成了新郎
所有这些老朋友都在
祝你们幸福
这两个字，是你们的
也是我们的，是对已经流逝的
青春的追忆，渴望，唏嘘
以及朴素的，最真挚的祝福

是啊，你们，以及所有的朋友
谁不是呢，曾经用自己的青春
试图燃起熊熊烈火
希望让它炼出不朽的灵魂
希望将友情和爱情，理想
和欲望在它里面燃烧
希望这火光照亮所有的黑暗

当烈火熄灭的时候
只剩下青春的哀伤，以及
时光的笑柄
最后随着一缕青烟缓缓升起
而消散掉
少年易老，青春易逝
在世间只有真心永远让人
期待，寻觅与坚持

万水与千山，必终能够
找到这颗爱的心

幸福很简单，所有朋友都可以
再一次祝福，祝愿你们
幸福

文华的年猪饭

头一个晚上的酝酿，想要睡个好觉
期望第二天可以精神抖擞
思绪太丰富，反而失眠
睡不醒的身躯，坐上了客车
经过那座镇风的宝塔，看见
砚池的水色天光，以及老桥铁索
来到云州，草皮街上还是人来车往
热闹喧嚣，只是少了绿草如茵和酒
继续前行，羊头岩的木瓜煮鸡依旧满香四溢
回味着老故事，不知不觉到了
在临沧城里转悠
四轮换成了小三轮，碾碎了花瓣
扬起尘土的芬芳
在城乡接合部，看见那些久违的脸
有条路通向青山和绿水，宅院里

人们忙活着，一个个大盆子，盛满五谷丰登
蓝天上飘过白云朵朵
化作肥肥白白的猪儿，飘向村庄
封锁着宅院，进入人们的大碗
男人和女人，都忙活着
都幸福着，都憧憬着
在那片，希望的田野上

红色月亮

属于我们的美好时光短暂得
来不及体会就已忘却了滋味
我曾祈求上苍把逝去的岁月
再一次还给我慢慢地去品味
我发现回忆是我的幸福源泉
当大风又吹起黄沙漫天飞扬
我想让灵魂也离开身体飘荡
在日落以前看着夕阳的余晖
从心间涌起丝丝莫名的感动
突然泪水就打湿了这双眼睛
是你在那里呼唤着我的名字
今后日子我将用追忆来憧憬
一轮明月孤悬天际辉映长空
谁还在彼岸上对月长情告白

虚构

于内心深处，再听听心的声音
从焦虑、惊惧到欢乐、平和
腹内熬制着一生的调料
每一瞬都在消受生的饕餮

祈求和挣扎在生的海洋
心之弦拨动起鲜艳的芬芳
且让身躯悬浮于生命之水里
聆听所有杂音流于边际

别想把梦来当作福祉
某一天睁开眼睛来看世界
眼前的表象是变相的梦幻
如烟的思绪深陷在虚构里

我痛苦，终于知道我只在表象徘徊
我信仰极深，却发觉念想在虚妄里
我总也，抓不住身边飘过的一片云

宁静

苦苦地在寻觅着

一种信仰，一份爱
又或者，悄悄地
把它们都抛弃了
让心趋于宁静

殊不知，这些爱，和信仰
曾经让我受累，并且痛苦
被玫瑰花的刺穿了手
还把谎言当成了真理

一个声音在耳边低语
放弃吧，你的欲望
从今天开始，燃烧生命
让身体里的每个原子去体会
感受每一瞬间的时空交融

所谓的永恒与我无关
我只想要属于自己的生活
在我的世界聆听
花开，潮起，及虫儿飞过的声音
高兴时，把地球轻轻地
拾进脑海里

爱的颂歌

耳边传来一阵阵的风啸声
吹散了花瓣，似为爱情作歌
花的芬芳馥郁，沁人心脾直达蓝天
闭上双眼，在脑中感受一座天堂

为爱而歌，幸福总是悄悄降临
纯洁如这朵花儿，在风中摇曳
娓娓道来，诉说着甜蜜衷肠
所有的忧伤，通通随风吹散了

愿你循着这芬芳，走进真爱之境
你的美丽如花儿，不断地绽放
即使在这尘世间待得太久
归来时依旧保有一颗初心

这风传来的歌儿呼唤着灵魂
心随着节拍律动，为真情而歌
爱情，不保留什么，也不要眼泪
真爱，就爱之弥深，不再离开

当你在深夜哭泣

当你在深夜哭泣，请重新燃起
一支蜡烛，一点儿光亮，以它柔和的
眼眸，于将息处把你灵魂的
黑暗照亮

请别哭泣，请再度给这颗心
以希望和力量，面对洁净的心
就连黑暗也要暗哑而失色
如果可以，把所有光明之前的
时光，作为慰藉心灵的良药

于黑暗处敞开心扉
领教一切岁月所积的沉淀
消散，让它们消散
随心所欲，去爱，去恨

或者，把心门关上
安然卧于黑暗之下
度过宁静的夜晚

献词

有些幸福的时刻如同阳光
照临着大地，谁没有被
这种神迹临幸过？只需要对
生命有所期待，就能够
让一缕缕阳光进入心灵

万物在生长，活着，就是奇迹
幸福，或者不幸，都足以
让泪水溢满眼眶，所有的
白天与黑夜，用它们
全部的时光，体会生的真谛

在无边的苦恼中，尊享这
暗无天日的馈赠，爱意终会
拨开阴霾让阳光照进心房
你的身影终将出现在我身旁

我的爱是发端于生命初始的奇迹
我轻轻地将她拾掇进心的最深处
我不事声张哪怕痛苦也无人知晓
她是我生命里那颗最明亮的星星

二月奇迹

阳光如银铃般的歌喉洒向大地
周围透着一种氤氲的迷人香气
路边上鸟儿轻盈地舒展着舞姿
参天大树已经发出了柔嫩新芽

梯田的油菜花给大地铺就一层金黄
流水在阳光照耀下宛如宝石般剔透
白鹅浮于清波之上悠闲地向前游弋
初春的生机带来了绿意盎然和宁静

如油画般的惊艳色调使人沉浸其中
所有的生命都在沐浴着温馨和爱意
它们尊享着自然的馈赠而无忧无虑
田园诗般的光阴从大地流转向天空

置身于春之旖旎时光就是梦之天堂
每种生命必然遵从于它命运的召唤
从开始到结束都依循着它们的使命
在青春永逝前尽享青春的美好时刻

万物只是自己匆匆忙忙的孤单过客
早间草叶上欢腾的露珠已作别小草
去年的春花秋月随着离人无形遁去
在未来之物到来以前祈祷让爱永驻

用爱的光芒来投射生命历程的意义
是爱的永恒让四季轮回而生生不息
让爱的奇迹指引众生跟随它的芳踪
而有限的春光里爱将长存且永不灭

早春二月的飞花诉说着春光的短暂
我的心灵依旧在孤寂之中一往情深
你还在那里就好像星星悬挂于天际
最真的祝愿必将能让花儿重新绽放

明媚春光让万物从严寒的冬日复苏
曾经长眠的心灵开始发出爱的召唤
让我们在春天的舞会留下爱的印痕
沉醉于醇厚的日子散发的阵阵迷香

眼光里（一）

我的灵魂沉迷于皎洁的月亮
她明净而且神秘，有点凄清
冰冷，又似乎可以把心溶解
变化的情感让人迷离，却又
向往，这种感觉，只有在她
迷人的眼睛里，才能够让我
又一次沉溺，我因她而感受到甜蜜

若无，生亦何欢呢？
刹那间的交融与颤抖，体会
眼底里的所有都映在心底里
那是心灵快乐之源
甜美的面容扬起我爱的希冀
沉醉于玫瑰的花园带来的欢乐和梦想
我宁愿，在这迷人的眼光里
消逝了时间不自知
并且要彻底地忘掉我自己

眼光里 （二）

若所有的眼都散发同样的光，该多好
那样我便可以不再羁绊
于如漩涡般无力拨开的心的涟漪
纵然它已经暗淡，于我也历久弥新

我怎能无视这双轻柔泛光的眼，转过身去
它是我荒芜小屋里的烛光
如整个夜空了无半点辰星
亦以一丝温馨带入梦里

我的初衷依旧
我希冀这眼光的后面，有一种神性

害怕在炫光中迷失了自己

若抛开一切，迎着它去爱
我的眼睛映着一种妩媚
我的眼光里燃烧起一团火焰

月亮下的祈祷

夜未央，当月亮的光芒又一次
覆盖着这片大地，而我的心田
也借着她的光辉，焕发了生机
是的，这种高贵而纯洁的材料
正适合，建造心灵的理想家园
用平和、宁静、健康与欢乐
把紧张、恐惧、忧愁和痛苦
统统地替换了，与过去的告别
我的精神的泉水就将同你一样
月亮，于黑暗处依旧皎洁明亮

漫长的生命历程，没有谁能够
永远把谁来陪伴，一个人在世
分分秒秒，永不停息地构筑着
独特的心路历程，它只属于你
悄无声息地在你的心里流淌着

不为外人知，是你的永恒价值
只有它陪着你，和你共度一生
必须小心地呵护，不能够轻易
玷污了它，时刻要用爱来浇筑
让它熠熠生辉，永驻你的心间

这个世界太美好，到处散发着
爱的光芒，我由衷地在歌唱它
赞美生命的奇迹，所有的人们
爱我的和我爱着的，就请你们
接受我的祈祷！我最渴望的事
就是，愿你们，在每一件小事
都能够享受到各自生活的意义
用心体会每一瞬间生命的感动
哪怕是已被苦难与病痛所缠绕
要始终不渝相信，生命的力量

灵魂最真挚的愿望，来自信仰
信仰来自生命的奇迹，它就是
爱的历程，生命里有多少的爱
如同大海，将我们包围，所以
我们要用同样的爱，共同缔造
付出和给予，维护生命的平衡
到达彼岸，让身体与心灵和谐
爱我的人与我爱的人，请你们
相信奇迹，相信爱！相信所有

美好的事，看吧！全部的星辰
都在闪耀着，那就是爱的光芒！

当你的微笑再次降临

如同不羁的微风轻轻吹拂着麦田
你甜美的微笑再一次出现在眼前

你的眼眸闪着灵动的光慑人心扉
你是那在离人的梦中出现的精灵

仰望高天的双眼溢满了激动的泪
步履款款挥舞衣袖展现曼妙舞姿

圣洁的梦想竟是来自缥缈的幻想
无法忘却的面容依旧是光彩照人

无论是荒芜的过往还是寂静的夜
让所有的往事消融在旧日时光里

此刻在我的世界只有鲜花盛开着
失重的身体里安放着轻盈的心灵

就请亲吻着这沾满了露水的花瓣

在花的芬芳引领下进入她的天堂

春雨飘落滋润着这片干涸的土地
柔嫩的小草将生机到处播撒开来

遗忘以前珍惜每一个瞬间的拥有
应该超越从前的阴影存在于现在

身体本能的渴望如同潮汐被唤醒
爱的海洋里激荡起了生命的力量

漫长的夜晚爱神在轻抚竖琴歌唱
我愿用最美好的时光来与她分享

充满希望的春天里释放生命激情
若到了萧瑟的秋日身体亦将枯萎

邂逅在最美的季节尽享纯真美好
复又再见时把往日的情怀来再续

熊熊的烈焰再次从心扉里燃烧着
所有欢乐梦想继续在生活里延续

春天的微风将喜悦吹遍整片大地
快乐的旋律萦绕在我们的空间里

歌唱出心中最真挚动人的情话儿
必定会有可爱的耳朵在仔细倾听

爱的电波冲出脑际奔腾向着远方
穿越高山原野和汪洋直到达彼处

爱是高贵的心灵拥有的神圣梦想
它可以把所有的烦恼统统驱散掉

人在世间超脱生命作神性的存在
最后必定能超越尘世命运的墙篱

你清澈的眼引领我进入澄明之境
宛如浴在清冽的泉水里沁入心田

众里寻他千百度

古德尔的天空

一

五月的天空云谲波诡
恍若时间之手轻抚天际
众星闪耀着交替呈出幻象
映射出大地上的生死边界
眼光追寻星月交辉的奇景
仿佛阿基米德的棍撬着地球
脑中的宇宙旋转得眩晕了
霍金的黑洞辐射出些许生机
合着早已经被吞噬的所有
构成了无边际的存在与总和
这些，都是奇迹

二

每个瞬间孕育有多少生命
苍穹有颗流星划过
所有过客都在匆匆而过
星河之上飘着一阕众星之歌
欢乐女神将光辉照临大地
胸中的心莫名的激动
灵魂离开了躯体飞翔
来到你那神圣的宫殿
每个人都是星辰之子

星光装点生命历程与泪光
这些，都是神迹

三

听着爱听的第九交响乐
吃完了最爱的鱼薯条和蛋糕
这一生，并非没有遗憾
有许多事想做，但晚了
就都算了吧，只想离开
104 年的光阴真是很漫长
他一直是，有尊严地活着
现在，他来决定最后的愿望
按下注射戊巴比妥的按钮
等着脑中的宇宙慢下来
有尊严地死去

四

人，有两种本能
生的本能和死的本能
此消彼长，共同存在
所有欢乐的时光是真的
所有痛苦的时光是真的
人们都被阳光照耀着
并且有了自己的影子

所以，你的创造是你的本能
你的毁灭也是你的本能
生命是奇迹，也是神迹！
而古德尔
已经去往天堂！

我却想

你不属于我的世界，我却想留住你
我给你一个至爱之人的最真挚回忆
我给你夕阳西下时望着落日染红了脸庞的执着
我给你失意者无意间溢满眼眶的泪花
我给你凄清的梦境，飒飒的晚风枯树上鸣叫的秃鹫
我给你早已经消失许久的发端于生命初始的童真
我给你欢乐的悲伤的，一天天被时光磨砺的日子
我给你看见你以前初始的，等待的混沌内心
我给你由所有日子垒成的关于你和我所有主观和客观的解释
我给你开在山上的那一支像你一样带刺的玫瑰
我给你黑色的伞为你挡雨，为你遮住你的天空
我给你一点温柔，一丝寂寞，一些重新凝视自己的时刻
我从来不掩饰我的性格与气质
我毫无保留把它们都给你
你不属于我，我却想留住你

最初的风

请让最初的风拂面
原谅我想起苒苒的时光
为爱情，却在滑落了歌声后遗忘
为青春，却抓不住虚空的幻梦

最初的风拂面，你知道
隐藏在时间角落的心迹
所有浓情似水只为了你
在花儿开放的时候诉衷肠

最初的风拂面，独自落泪
品尝真实的苦涩
总在夜里静静地聆听
让它把敞开的心涤荡

纵然有些苦痛仍难以消弭
可每个夜晚都历历如新
听着呜咽的轻风如醉如痴
我原可以随心去爱

物是人非

推开一扇门，打破禁锢荏苒时光的缺口
扑面迎来一种辣出眼泪的萧瑟
这里已经宁静得只剩些许悲凉
我的身躯与这个空间格格不入
我的心灵想要去寻觅一点儿安慰
物是人非，昔日的蓝天白云只在昔日被仰望
我却只能站在彼岸
渡不了这条一直流逝着昨日的河
静看着纷繁的身影和所有喧嚣
推开下一扇门，推开每一扇门
每一个我在不同时光中往来交融
我的足迹在昨天、今天、明天交织
静听这儿所有时光碰到墙壁的声音
推开了心的门，才能进入崭新的空间

夜晚的乌托邦

让人迷醉的夜晚
谁在灯下轻轻地呓语
瀑布般泻下的灯光
仔细梳理着发梢

影子悄悄地回头
清愁洒了一地
孤寂渐次被拉长
与黑暗融为一体

依然轻轻地呓语
灯的上面是无尽黑暗
有双眼睛看见从前
那时，你的脸庞
一弯新月如钩

宛如睡莲

静悄悄地，把身躯
埋进水里，在这个平淡的时刻
我没有特别的情绪流露
暗夜之下，你们
认识和不认识的人
慢慢地沉寂

在我的水潭里浮游
宛如睡莲，心弦不张
偶遇一张张熟悉的脸
渐渐漂远，星光点点

轻轻地吻，将思念都啜走

暗夜之下，希望所有人都成为
一朵睡莲，在夜色里入眠
我，就这样静悄悄地
浮，等待着清晨来临
在这以前，我一直试着
忘却时间，还有你

望月

我在楼台之上举头望月
身体放平，内心宁静，向着星空
不叨扰群星的璀璨
不惊叹月亮的深沉

斗转星移，世事变迁，什么难忘？
谁亦无法相伴一生，来去匆匆皆缘
活在当下，别无他事
无论过去与将来

当红色月亮把双眸染红
巨大的欢欣似水流转
我的身心与天河共存

照拂大地的神迹，带来福祉
尽管他们已沉睡
我就是我所是，渴望存在于
内心的神明中，它是永恒的！

让心灵去往它的方向

心灵是一个纽带
它连接着所有事件与生命
心灵是一种现象
宛如大自然本身
心灵蕴含着人类的本性
光明与黑暗
善良与邪恶
睿智与愚蠢

心灵是人的起点
在生命的历程里历练
心灵有无数种可能
宛如飞溅各处的水滴
心灵是人的终结
如老树盘根错节
它阐释所有人的命运
错综复杂

神秘莫测

心灵是中性的
我们必须思考
却不要怀疑
也不要轻视
随着岁月流逝
顺其自然
让心灵去往它的方向

依然喜欢

原谅我，依然喜欢
镜中花，水中月
以及转瞬即逝的风

清晨的露珠，傍晚看不见
树枝上的鸟，转眼没有了踪迹

要留下些什么，却留不下

所以，除了镜和花，水和月
我依然喜欢
镜中花，水中月

转瞬即逝的风
所有，虚无缥缈的事物

虽留不下
却一直在心底里

爱神与死神

一

"天气终于变了！"
连绵的秋风秋雨
使叶子枯萎、飘零、腐烂
心灵也渐渐黑暗
躯体飞快地前进
必须赶在成为废墟前离开

真相是：绝望
路的尽头没有路
所有的路都回到原地
今天的阴影
来自昨天
别期盼，另一个地方
从前的情结压迫着心灵

没有哪里是心的港湾
你在昨天就已经毁了它
生活和灵魂

二

"死神的恩典"
让灵魂从死人堆里站起
纵然是行尸走肉
他们却依然活着

还活着的死人
具备了双重人格
活人和死人的
只是胸中已经无爱

只有活人才懂爱
却以爱为名杀人
悬在生死间的
是爱，只有爱

逃避和自杀不能解决
只有冲开胸中的隔膜
感受真爱
否则，世界只是坟场

三

"这个世界并不存在！"
它或许只是我的臆想
因为，我无论到哪
都有同一种绝望

人有生和死的本能
有时候却混淆了它们
在弄不清生与死之前
能逃到哪里？

我在这个世界失落
我和所有人联手
埋葬了彼此所爱的人
拿什么来救赎？

我在这里杀人
我将毁灭当作爱
我把子弹射向朋友
这个世界，也许只是我的臆想

四

"天啊！我爱上她了"
爱得多么的纯粹

从此我彻底忘了自己
变得卑微且神经质

爱是生命驱动之源
真爱就只有一个，她
纵然她已经掩埋在黄土里
真的，哪怕死了，也要爱！

爱是毁灭冲动之源
以爱为名，泯灭了良善
欺骗爱，阻止爱
就让他们，离开这个世界

怀念着古老的爱情
走过这片寂寥的山坡
遍野的小花在摇曳
长眠着多少为爱痴狂的灵魂

五

"你不是这世上唯一失去了爱的人！"
所有人，谁没有失去过爱呢？
此在的意义，就是，活在当下
看清了生活，却依然爱它

用生命的力量破除执念

爱时爱，不爱时无爱
用力过猛，生活就是枷锁
求爱而不得爱

接受平淡、虚伪、荒诞、丑恶
循环的人生轨迹
相同的人生历程
永恒的爱恨情仇、生死交织

如果你厌倦了这个世界
这将是你最新的起点
让它重新开始
在荒诞中，过一种新的生活

六

"对不起，这位小姐只想要星光！"
请萤火虫也暂时离开
请珍惜最初真挚的感情
请让最烂漫的事尽情上演

此后的日子谁也不能说清
此后也许不再遇到真爱
此后渐渐会苦闷、压抑
冰冷的时光使人麻木、萧条

再回忆起从前的欢乐时光
曾经陷在爱情里无法自拔
相拥着看着璀璨星空
这一幕已不是我们的世界

你不知道命运有多少玄机
困境其实是宿命
如果今夜里星光依旧灿烂
请告诉那个你爱着的人

七

"让我们期待明天吧！"
今天没有人，多寂寥
仿佛失去了爱，失去希望
有一点儿沉闷，包含着绝望

明天再来，你会遇到一个人
和自己一样可怜的人
并和她在一起
在这里，了结你们的一生

明天再来，你的拐杖换了
脚步踉跄愈加衰老
你会遇到死神
墓碑上镶着你年轻时的照片

明天再来，朗朗之夜
你告诉她你仍然爱她
你还是她的奴隶
她还是你的女皇

八

"我现在的样子，
也好不到哪儿去啊，爸爸"
时间是机会，机会不多了
在身躯腐烂之前

荒废了太多时光
却不能掩饰心里的创伤
只有唱着歌儿，静静地倾听
等待是爱情中最美妙的过程

相信它，奇迹就会到来
这段情来得晚，却真
当月亮穿过树梢
两颗心将交织出爱的焰火

珍惜这天赐的美好时光
发出由衷的悦耳欢笑声
天黑了，她只是想要一个吻
就轻轻地，给她一个吻

九

"连石像都开始开口说话了！"
寂静的旧花园
是我所有生命时光的源头
我快乐的花园，我悲伤的花园

烈日炎炎的正午
影子在阳光下围着石像移动
燃烧纸钱的灰烬飘向半空
它的神谕直达每只耳朵

暗影绰绰的午夜
影子在月光下围着石像移动
阴郁的枭鸟在空中盘旋
它的神谕直达每只耳朵

所有人的内心在颤抖
所有坟地的种子在发芽
如果活着的人依然沉睡着
那么就让死去的醒来！

十

"我从来没有到过这么远！"
过了这条隧道，就是外面的世界

过了隧道，才醒悟
外面并没有世界！

世界就在这里，在欲望和恐惧中
在"爱"与"死"之中，无从抗拒
当"生命"俯首称臣
"爱"与"死"就随即降临

"死"和"爱"亲密无间
合奏着"生命"的节拍
充满着激情，直到最后一刻
上演着"生命"的剧本

世界没有边界，它总在引诱你
一次次绝望，一次次扑火
尝遍了爱，痛苦与荒诞
你还想要探寻生命的意义吗？

"亲爱的死神与爱神"
我这就回家
开始新的生活！

最初的微风

在呐喊前，最初的微风拂面
它把我凌乱的头发吹得凌乱
在静默中，它的絮絮低语
将记忆的光，照进我心底

我沉默不语，如同
屹立在世界之巅的那尊雕像
向下的双眼透着丝丝亮光
不待张开嘴，咀嚼所有的味道

我应该化作一只风中的鸣鸟
张开双臂拥着天空呐喊
让最初的微风涤荡我的心
让我的思想散发着光芒

在静默中呐喊，在呐喊中静默
在黑暗里寻找光明
有一缕最初的微风
在尘世间伴随我的足迹

却

哼着小曲儿，内心却惆怅
我也挺想，与你一起共度
离开虚伪和龌龊
在那里展示，热烈与纯真

我知道，诱人的皆是幻梦
向往多少，迷醉就有多深
相由心生，思想者制造魅影
不断沉沦，终将迷失了自我

只是分不清楚，幻想和现实
隔着面纱知觉朦胧的美
感官充盈着无知与满足

我憧憬，却只是在梦里欢笑
我叫嚷着幸福，却错失幸福
我度过许多华年，却不见自己

在斑驳的石墙下

地球上有多少的空间
每一处都不同于别处

所有的空间
同属于过去与将来

每当我用手指轻轻地摩挲
那些斑驳的石墙
酥麻的触感，在指尖蔓延
斗转星移，电光火石

不同的手指，相同的位置
我的爷爷、奶奶
你的儿子、孙子
远一点儿，100 年前、200 年前……
再远一点儿，50 年后、100 年后……
所有的手指，交叠于同一个地方

街上某处广告牌下面
深深掩埋着一些骨头
霓虹闪耀那里
曾经站着个盼夫归来的良人

北门之外，一片田园风光
日头下，男耕女织
黄昏后，约乎桑中
日落了，相夫教子

我用指尖轻轻地摩挲

旧日时光的婆娑
不经意间就
日出到了黄昏
一个人、一些人、所有人
过完了一生

石狮子

一

我承认我永远不知道它
在想什么
深不见底的凝望
百年间
映照了多少过客
他们消逝了
它还在
也许今天
他们的灵魂
还来与它会面

二

有时，生命的延续
可能仅需一块石头

如果进行诠释
它就是最好的模样
双眼里，透着生命之光
来自时间的使者
剖开你心灵最深处
真相的门，开了又关上

三

夜阑人静的时候
不知有没有人听见
撕夜般的咆哮
在梦里
它曾经来过
你却忘了自己
是否醒来过
每天还是一样的活着
它在那里
凝望着
所有时光的脚步

相濡以沫

我总在探寻真相

总想，于时光的某处
发现它的秘密
事物自有它存在的缘由

我看见它们
那对静卧草丛的石狮子
皮肤的颜色沧桑
也许比我早三个世纪
雌狮偎依着雄狮
四目相对无言

造化弄人，也弄物
我要深深地祝福
祝福它们
走过兵荒马乱
历遍朝代更迭
而今偏安于一隅

相濡以沫
豪门英雄与花容贵妇
翩翩公子与窈窕淑女
寒门布衣与贞节烈女
几多春花秋月，生离死别

相忘于江湖
涤荡后归于平静

似无比的遥远
却因了时间而实现
它的魔力在于
造化中亦造就了爱

怀着一种愁

怀着一种愁，我踏遍
青山和绿水。也曾经在
斑驳的城墙废墟下
抚摸着一块砖，想
你的模样

万物皆有灵，时间
让一切有形的物消逝
谁的华年，不也是在
最后一缕夕照下隐没于
漫漫的远山？

它的灵辗转漂泊
滴落在每一片叶与岩上
我听到地底最深处的咆哮
根须汲取
它的力量疯狂拔节

这种愁遮蔽了天空

老树的褶皱泛着
时空的涟漪，直达蓝天
一波波引起心的共鸣
我用心之眼拾掇
你的春花秋月，良辰美景

我将那一泓深沉的愁泼洒
一滴不剩
刹那间
我的身体穿过你的光阴
我的肌肤摩挲着你
的岁月